JN153975

科学探偵謎野真実シリーズ3

科学探偵 VS. 魔界の都市伝説

宮下

もくじ

登場人物……6
花森町都市伝説マップ……8
プロローグ……10

1 死のメロディー 20

2 名無しの墓 62

3 百物語の怪 100

この本の楽しみ方

この本のお話は、事件編と解決編に分かれています。登場人物と一緒にナゾ解きをして、事件の真相を見つけてください。ヒントはすべて、文章と絵の中にあります。

4 タクシーの幽霊 138

5 恐怖の人面犬 176

6 八尺さま 212

エピローグ その後の科学探偵 256 266

これまでのあらすじ

謎野真実は、行方不明になった父・謎野快明を捜すため、花森小学校にやってきた。1枚の写真を手がかりにして快明の行方を捜す真実は、修学旅行先の京都で、快明の手紙を手に入れる。その手紙には、「わたしを助けてくれ」と記されていた。

登場人物

大前先生

6年2組の担任。理科クラブの顧問で、不思議な生物に目がない。

浜田先生

6年の学年主任。あだ名は「ハマセン」。空気はあまり読まない。

杉田ハジメ

6年2組の学級委員長。あだ名は「マジメスギ」。規律にうるさい。

謎野快明

真実の父で、ホームズ学園の科学教師。現在、行方不明。

謎野真実

エリート探偵育成学校・ホームズ学園からの転校生。天才的な頭脳と幅広い科学知識を持つ。「科学で解けないナゾはない」が信条。クラスは、6年2組。

宮下健太

成績もスポーツも中ぐらいのミスター平均点。超ビビリなくせに、不思議なことが大好き。真実と仲が良い。クラスは、6年2組。

飯島凛

真実を心配して花森小にやってきた、ホームズ学園学園長の息子。

青井美希

「スクープ命！」の新聞部部長。取材力とカメラの腕には自信あり。健太とは幼なじみ。クラスは、6年1組。

花森町都市伝説マップ

花森病院跡
タクシーに乗った女性が、ここに着いたとたんに消え、座席には、血の痕が残されるという。
美希の家
健太の家
公園と駐車場
このあたりで、人の顔をした犬が発見される。その犬にかまれると、犬のようにほえて苦しみながら死んでしまうらしい。
墓地
塾帰りの中学生が、名無しの墓に名前を書かれて亡くなったという。

古い洋館
町はずれにあるぶきみな洋館。ときおり中で音楽が奏でられ、それを聞いた人は具合が悪くなる。
工場跡地
高い塀にぐるっと囲まれた工場跡地。ものすごく背の高い女性が塀から顔を出しているのが目撃される。
花森小学校
真実たちが通う小学校。学校に伝わる七不思議がある。
お寺
毎年、ここの本堂で、百物語の会がおこなわれている。3年くらい前には、会に参加した人が消えてしまったらしい。
美希と健太が通う塾
花森駅

ザー、ザザッ　ザー、ザザッ
午前0時――。
動画サイト「ＩＴｕｂｅ」に、1件の動画が投稿された。
動画には、砂嵐だけが映しだされていた。
しかし、13秒後。
砂嵐がやみ、何かがぼんやりと浮かびあがってきた。
うす暗い部屋の中に、ひとりの人物が立っている。
男なのか女なのか、大人なのか子どもなのか、まったくわからない。
その人物は、白と黒のぶきみな仮面をつけていた。

「ワタシノ名前ハ、未来人Ｉ。ワタシハ、コレカラ起キル
恐怖ノ出来事ヲ予言スルコトガデキル。ワタシハ予言スル。
マモナク、『死ノめろでぃー』ガ鳴リ響キ、人々ガ、モガキ苦シムダロウ」

機械を通した低い声。
未来人Iと名のる謎の人物は指をパチンと鳴らした。
画面が暗くなっていく。
未来人Iの姿が消え、砂嵐が映しだされる。
ザー、ザザッ　ザー、ザザッ
動画はそのまま終了した。

●

「昨日、あの動画ついに見ちゃった！」
花森小学校では、毎日いたるところで、生徒たちが未来人Iのことを話していた。

「わたしもこの前見たよ。すっごくぶきみだよね」
「おねえちゃんの中学校でも、未来人Ｉって有名らしいよ」
「前回の予言、現実に起こったんだって」
動画は深夜の午前０時ちょうどにアップされ、すぐに削除されるので、１回の予言は、１度しか見ることができない。
「死のメロディーってなんだろう……？」
みんな、未来人Ｉの予言に夢中だった。

６年２組の教室でも、朝から未来人Ｉが話題になっていた。
「くうう〜、ぼく、昨日も結局見られなかったよ」
宮下健太は、窓側の席に座る謎野真実にそう言った。
不思議な話が大好きな健太は未来人Ｉの動画を見たくてしかたがなかった。しかし、いつも０時まで起きていられないのだ。
「昨日は目ざまし時計をセットしたのに、いつのまにか止めちゃってた

予言は可能？
19世紀のフランスの天文・数学者・ラプラスは、「物質は物理学の法則に基づいて動いているので、すべての原子の位置と運動量を知る者（ラプラスの悪魔）がいれば、未来はすべて予見できる」という説をとなえた。しかし、20世紀に生まれた量子力学によって、「位置と運動量は同時に知ることができない」ことが明らかにされ、この説はほぼ否定された。

よ」

落ちこむ健太を見て、真実は小さく溜め息をついた。

「健太くん、キミは予言なんて非科学的なものを信じているのかい？」

「信じたくはないけど、ほらっ、天気予報とかもよく当たるでしょ。だからあの予言も当たるんじゃないかって心配なんだ」

「天気予報は、科学的なデータを分析して天気を予測しているんだ。その未来人とやらは、どんなデータを分析してるっていうんだい？」

「そ、それはええっと……」

説明できない健太をよそに、真実は窓の

外をながめた。

（真実くんは、お父さんのことで頭がいっぱいだよね……）

真実は修学旅行先の京都で、父・謎野快明からの手紙を受け取った。

そこには「わたしを助けてくれ」と書かれていた。

快明はある島へ行ったきり、行方がわからなくなっているのだ。

真実は修学旅行から帰ってきてからというもの、その島がどこにあるのかを、ずっと調べていた。

しかし、どれだけ調べても、まったく手がかりはなかった。

（真実くん、ホームズ学園の学園長にも聞いてみたって言ってたけど）

ホームズ学園は探偵を育成する学校である。学園長も世界的な名探偵だ。

（だけど、そんな人が調べてもわからなかったんだよね）

そのせいで、真実はここしばらく、あまり元気がない。

健太はそんな真実が心配だった。

天気予報が分析しているデータって？

天気予報のもとになるデータは、「風の向き」「雨量」「気温」「気圧」など。これらは、全国約１３００か所に設置された「アメダス」で観測され、集めたデータをコンピューターで分析して、天気を予測している。

「おはよう！」
担任の大前先生が教室に入ってきた。
みな、自分の席に戻る。
「今日はみんなに新しい友達を紹介するぞ」
「えっ、こんな時期に？」
健太が時期はずれの転校生に驚いていると、ひとりの男の子が教室に入ってきた。
クルクルの茶色い巻き毛で、白い肌に、大きなとび色の目をした男の子。
「わあ～、いた～。真実く～ん！」
突然、男の子は笑顔で真実に駆けよると、ギュッと手を握った。

とび色
とび（とんび）の羽のようなこげ茶色。

「し、真実くんの知りあい？」
健太がたずねると、大前先生が答えた。
「彼はホームズ学園で謎野のクラスメートだったんだよ」
「えええ～！」
「しかも、ホームズ学園の学園長の息子だ」
「えええ～！」
「じゃあ、探偵のエリートってこと？」
「学園長の息子ってことは、もしかして学園でいちばん優秀だったとか？」
生徒たちがそう言うと、男の子は「ううん、違うよ」と答えた。
「学園でいちばん優秀だったのは真実くんだよ。ボクはそれほど推理が得意じゃなくて」
男の子は、はにかみながら、チラリと真実を見た。
「ボク、真実くんをずっと尊敬してたんだ。また会えてすっごくうれしい！」
「久しぶりだね。……とりあえず、手を離してくれるかな」
「あっ、ごめんね。えへへ」

男の子は手を離すと、生徒たちのほうに顔を向けた。
「ボクの名前は、飯島凛っていいます！　みなさん、よろしくお願いします！」
「みんな仲よくするんだぞ。ええっと、飯島は謎野のとなりの席だ」
「はい」
凛はニコニコしながら、真実のとなりの席に座った。
「さあ、授業をはじめるぞ～」
大前先生は黒板に文字を書きはじめた。
そんななか、凛は真実に小声で話しかけた。
「ねえ、真実くん」
「なんだい？」
「お父さんから、真実くんに伝えるようにって言われたことがあるんだ」
「学園長に？」
「島のことはちゃんと調べるから、詳しいことがわかるまで待っていなさいって」
「それって」

「真実くんがお父さんを捜すために、ムチャをしないか心配してるんだよ。真実くんのお父さんとボクのお父さんってとっても仲がよかったでしょ」
快明はホームズ学園で科学の教師をしていた。
「ボクのお父さんは名探偵で警察関係にも知りあいが多いでしょ。だから、きっと真実くんのお父さんのことも見つけだしてくれるはずだよ。ボクも、真実くんのことが心配だったから、この学校に転校してきたんだよ」
「そうか……、心配かけたね」
「ううん。これからまた一緒にいられるから、ボク、すっごくうれしいんだ」
凛はニッコリと笑った。

「たいへんよ！　たいへん！」

突然、となりのクラスの青井美希が教室に飛びこんできた。
「おいおい、青井。もう授業がはじまってるんだぞ」
「一大事なんです！　真実くん、わたし、とんでもないもの見つけちゃったの！」

「とんでもないもの？」
「美希ちゃん、それってなに？」
「健太くん、未来人Ｉは知ってるわよね？」
「もちろん」
「その未来人Ｉにつながる、重大な情報を手に入れたわよ！」
「えええ～!!」

「死ノめろでぃー」が鳴り響キ、人々が、モガキ苦シムダロウ――

未来人Ｉの予言は、本当に現実になるのだろうか？

死のメロディー

魔界の都市伝説 1

事件編

休み時間――。
健太、真実、美希、そして飯島凛も加えた4人は、新聞部の部室にいた。
「ついに、あの未来人Iが、わたしにコンタクトを取ってきたのよ！」
美希の言葉に、健太は驚いた。
「えっ、あのうわさの未来人I!?　まだぼくは、動画を見たことないけど……」
「ねえねえ、未来人Iって、そんなに有名なの～？」
凛は、不思議そうに美希にたずねた。
「あなた、ホームズ学園から新しく来た転校生ね。未来人Iは、もちろん有名よ！　先生や親たちはバカにして相手にしないけど、子どもたちのあいだじゃ、その話題でもちきりなんだから」
「たしか予言は、死のメロディーとかいうやつだよね。それって……聞いたら、死んじゃうってことかな？」
「あはは、聞いたら死んじゃうなんて、非科学的だよ～」
健太の言葉を笑顔で否定する凛。

「たしかに非科学的だね」
真実も凛に同意した。
「フフン、あなたたち、これを見ても、非科学的だとバカにできるかしら？」
美希は、1通の手紙をみんなの前に差しだした。
「なんなのそれ？　美希ちゃん」
健太が見ると、外国製と思われる白い封筒には、金色の文字で「招待状」と書かれていた。封筒の裏は、赤いろうで封がされ、馬のような紋章が刻印されている。
「この招待状が、新聞部の投書箱に入っていたのよ。はじめはイタズラかと思ったけど、それにしては、手が込みすぎてるでしょ」
美希は、封筒から真っ白なカードを取りだす。
カードには、血のような赤いインクで文字が書かれていた。

《甘き、恐怖の調べ。
死のレコード 鑑賞会へのご招待》

「死のレコード鑑賞会……？　レコードってなに？」
不思議そうにつぶやく健太に、真実が解説する。
「今はネットやCDで音楽を聞くのが当たり前だけど、昔はレコードといって、プラスチック製の円盤で音楽を聞いていたんだ。レコード盤に彫られた細い溝に音楽が記録されていて、その溝を針でなぞることで音を再生するしくみだよ」
「じゃあ、そのレコードを聞いたら、死んじゃうってことなのかな」
健太は、血のような真っ赤な文字を見て、ふるえあがる。
「ほらね、実際に死のメロディーをかなでるレコードが実在するのよ。大事件でしょ。招待状には、あて名も日付も書かれてないけど、封筒に地図が入ってたわ。ねぇ、今日の放課後みんなで行ってみない？」
「おもしろいね。どんなメロディーを聞かせてくれるのかな」
真実は、そう言って人差し指で眼鏡をクイッとあげた。

「ボクも行く行く～。興味津々だよ」
凛も、笑顔で手をあげた。
「えっ？　死のメロディーだよ……。みんな、行くの？」
健太は、驚いたようにみんなの顔を見た。
「当ったり前でしょ！　スクープをゲットできるチャンスなんだし、あの話題沸騰中の未来人Ｉ本人からのお誘いかもしれないのよ。みんなで行かなくてどうするのよ！　いい？　放課後、校門前に集合よ！」

放課後――。
同封されていた地図を頼りに、真実たちは町はずれのうっそうとした森にやってきた。
「単なるイタズラじゃないのかあ？　こんなとこに家があるはずないだろ」
ハマセンこと、浜田先生のいぶかしげな声が響く。
実は、校門前で４人が待ち合わせしていたときに、
「おーい、みんなで集まって、いったいどこへ行くんだ？」

と、ハマセンに捕まってしまったのだ。
ハマセンに、まっすぐな目で見つめられ、健太たちは思わずすべてを話してしまった。
そして、なぜかハマセンも、ついてくることになったのだった。

うす暗くぶきみな森を、真実と美希と凛のあとについて、おそるおそる進む、健太。
その健太のうしろを、笑いながらついてくるハマセン。
「おまえたちだけじゃ危険だからな。まぁイタズラに決まってるが、子ども時代の冒険は必要だ、おおいにやるがいい！　先生が見守っていてやるぞ」
ハマセンは、ガハハと笑った。
（ハマセンがいて心強いけど、なんか面倒なことになりそうな気がする……）
健太は、ハマセンに招待状のことを話したのを、すでに後悔していた。

「あそこに、洋館が見えるよ」

真実が指さす先には、木々のすきまから古めかしい洋館の屋根が見える。

「ホントだ、あんなところに！」

驚く健太に、美希が思いだしたようにつぶやく。

「そうだ、聞いたことあるわ。花森町に、昔、外交官をしていた外国人が住んでいた、歴史のある屋敷のこと。今は古くなって誰も住んでないらしいけど」

洋館の鉄の門の前に立つ、真実たち。

建物は、ツタがからまり壁は朽ちかけて、ぶきみな雰囲気だった。

門は開かれているが、あたりにはひとけがなく、ひっそりと静まりかえっている。

ハマセンは急におじけづいたのか、みんなを見て言った。

「これは……さすがに勝手に入っちゃまずいだろう」

「先生、せっかくここまで来たんだから、行ってみましょう」

外交官
国を代表して外国に派遣され、外国との交渉や、外国にいる自国の国民を守る仕事などをする公務員。

真実は門の中へと足を踏み入れ、洋館の扉に向かって歩きだした。
「お、おい！　やめとけ！」
ハマセンは真実の背中に声をかけるが、真実は気にせず進む。
「ちゃんと招待状はあるんです。先生、だいじょうぶですよ」
と、美希もあとに続く。
「なんか探検みたいで、ワクワクするね！」
凛も、そのあとをスキップしながらついていった。
「ホラー映画に出てくる洋館みたいだけど……」
怖さと期待が入りまじった気持ちで、健太もあとに続いた。
みんなのうしろ姿を見て、ハッとするハマセン。
「いつから、オレは子どもたちの冒険を止めるような大人になっちまったんだ……。よーし、オレが責任を持って見守ってやるぞ。おい、だからオレを置いていくんじゃない！」
ハマセンは自分の言葉に酔いしれながら、あわててみんなのあとを追いかけた。

真実が洋館の扉に手をかけると、

ガチャリ……

あっけなく扉は開いた。

真実に続いて、美希たちもおそるおそる中をのぞいた。

「木造で、かなり年代ものの建物だわねぇ」

内部はうす暗かった。ほこりっぽく、よどんだ空気がたちこめていた。

「あの、ごめんくださーい！　誰かいますか？」

健太は、勇気を出して、屋敷内の暗闇に語りかけてみた。

「この屋敷、気味が悪すぎる……。レコード鑑賞会なんかやる雰囲気じゃないだろ。ここには誰もいない。ただの廃屋だ」

ハマセンはまたしても腰がひけている。

「いいえ、先生」

真実は、床に落ちている小さな枯れ葉を手に取った。

「これは屋敷の庭に生えているヒイラギの葉です。窓のないこの場所に落ちているということは、最近、誰かがこの扉を開け、出入りしたということです」
「……なるほど、そう言われるとそうだな」
ハマセンは少し安心したようだ。

広い玄関ホールには、奥と左右にひとつずつのドアと、2階へと向かう階段があった。
「まずは、1階から調べてみよう」
真実はそう言うと、ひとつずつドアを開け、部屋の中を確かめていく。
ほかのみんなも、床がミシミシと鳴るなか、真実についていく。
右の部屋には、クモの巣がはった古ぼけたピアノが置かれていた。
奥の部屋には、ぶきみな西洋のよろいが飾られていた。
左の部屋には、立派な暖炉があり、床が白と茶色の木でマス目のようにデザインされていた。
「なんだかオシャレな部屋。床のデザインがすてきね」

ヒイラギ
ギザギザの葉を持ち、冬に白い花を咲かせるモクセイ科の植物。古くから日本では、節分にヒイラギにイワシの頭を刺したものを、魔よけとして飾る風習がある。ちなみに、クリスマスの飾りでおなじみの、赤い実をつけるセイヨウヒイラギ（モチノキ科）は別種。

美希は思わず声をあげた。

「1階には、なんにもなかったねぇ」

1階の部屋をすべて見終えると、凛は、みんなの顔を見て言った。

「2階も調べてみようよ」

階段のほうを指さす健太に、真実もうなずく。

ギシリ……

ギシリ……

きしむ木製の階段を、慎重に1段ずつ上る。

2階には、部屋がふたつあった。

ひとつめの部屋には、ドレスを着た女性の大きな肖像画が飾られていた。

健太は、その女性のさびしげな目に見つめられたように感じて寒気がした。

(ホントに、なんて趣味の悪いお屋敷なんだ……)

もうひとつの部屋には、中央に、異国風の大きなつぼが置かれていた。

「これで……この屋敷の部屋は、ぜんぶ見たよね」
健太は首をかしげながら言った。
奇妙なことに鑑賞会がおこなわれている部屋はおろか、レコードが置いてある部屋すら見あたらなかったのだ。
「……さぁ、これであきらめがついたろ。ぜんぶイタズラだったんだ、帰るぞ」
ハマセンの言葉に安心しつつも、健太は少しがっかりしてつぶやいた。
「やっぱりイタズラだったのかな……」
そのとき、口元に手をあてて考えていた真実が、ハッと美希のほうを見る。
「美希さん、もう一度、招待状を見せてくれないかな」
美希から招待状の入った封筒を受けとると、真実は、封筒の裏をじっと見つめた。
「ろうに刻印された紋章……。これが、ナゾを解くためのヒントかもしれない」
真実に言われて、美希もまじまじと見る。
「うーん、なんてことない馬の頭みたいに見えるけど」

ハマセンも封筒を見てうなずく。
「たしかに馬だな……。馬の頭だけとは、気持ち悪いなぁ」
そのとき、健太が叫んだ。

「ああ――!!」

突然の大声に、背筋がビクーン!となったハマセン。ひとり、アワアワとその場をせわしなく歩き回る。
「なんだ! なんだ! 何が起こった!?」
健太は自信満々に言う。
「わかったぞ。これはやっぱりイタズラだったんだ。ぼくたちはだまされたんだ!」
「……どういうことよ?」
「美希ちゃん、バカって漢字でどう書く?」
「……馬と……鹿って、書くわね」

健太は、真実のまねをして、かけていない眼鏡をクイッとあげるしぐさをする。
「そう……だからズバリ！　この馬は、ぼくたちへのメッセージだったんだ。まんまとイタズラにだまされ、馬鹿だったね、というね」
「イタズラか。なるほどな！　そう考えると、この馬、なにか人を小馬鹿にしたような顔に見えるな」
ハマセンは、「よくやった」と健太の肩をたたいた。
「はい、先生！　ぼく、ピンときちゃいました」
ほこらしげに胸をはる健太。
「そうとわかったら、こんなとこからサッサと帰ろう」
と、ハマセンが玄関に向かって歩きかけたとき――。
「あのぉ、お喜びのところ、アレですが、馬はあるけど、鹿はどこにあるんですか？」
美希は、ジロリと健太とハマセンを見て言った。
「えっ、それは……」
口ごもってしまう健太。

「暗号は、論理で組み立てられている。だから論理的に解かなきゃ意味がないんだよ」
真実が冷静な口調でそう言うと、健太とハマセンは、すっかりシュンとなってしまった。
「ぼくにはわかったよ。この馬が指ししめす意味がね」
真実は、おもむろにつぶやいた。

真実が向かったのは、1階の、暖炉があり、床がマス目のようになっている部屋だった。
「この部屋がどうかしたの？」
健太は聞いた。

「あの馬は、チェスの駒のマークさ」

「ああ！　この部屋は、まるで、床がチェス盤のマス目のようになっているわね！」
「でも、レコードは見あたらないよ」
凛は不思議そうに言った。
健太も見回すが、何もない。

「この部屋の秘密を解く必要がある。なぜ、この部屋全体がチェス盤のようになっているのか」

「チェスってよく知らないもんなぁ」

ハマセンは首をかしげた。

「これは『ナイトツアー』だ。チェスのルールを応用したパズルさ」

真実のことばに、美希がけげんそうな顔をする。

「ナイトツアー？　はじめて聞いたわ」

「チェスには、『ナイト』という、馬の形をした駒がある。前後左右のいずれかに2マス進んで、その左右のどちらかのマス目に動けるんだ（40ページ参照）。このナイトの動きで、すべてのマス目を1度ずつ踏む。ただし、次の場所に動くときに通過するマス目はカウントされないよ」

真実は室内を見渡した。

「この部屋には11個のマス目がある。これをナイトツアーの方法ですべて踏んでみよう」

チェス
8×8のマス目の盤を使い、白と黒16個ずつの駒を使ってふたりで対戦する、将棋に似たゲーム。将棋は取った駒を自分の駒として使えるが、チェスは、取った駒は使えないという違いがある。

真実は部屋のドアから1歩、中に入り、白いマス目の上に立った。

ほかのみんなは、よけいなマス目を踏まないよう、部屋の外から真実のようすを見守っている。

みんなが息をのむなか、真実は、ポン、ポン、とナイトの動きかたでマス目に飛びうつりながら、リズミカルに床のマス目を踏んでいく。

床を踏むたびに、床の下でカチャリと音が鳴った。

その音に、美希がハッとする。

「きっと、床自体がスイッチのような構造になっているのね」

健太も、真実のようすを見守りながら、自

ナイトの動きかた

2マス進んで左右どちらかにマス進んだ場所に移動できる。将棋の桂馬の動きと似ているが、桂馬が前にしか動けないのに対し、ナイトは前後左右に同様に移動できる。

ナイトツアーに挑戦しよう!

星印からスタートして、ナイトの動きですべてのマス目を1度ずつ踏もう。ただし、次の場所に動く途中のマス目はカウントされない。
(前ページのイラストとは向きは逆だが、マス目は同じ)

※答えは57ページ。

分で考えてみた。
「あー、なるほど、そっちにいくのか……。あと踏んでないのは、あそことあそこのマス目だな」

「よし、ここで最後だな」
真実はみごと、すべてのマス目を踏み、最後のマス目にたどりついた。
「えっ……でも、何も起こらないわよ」
美希がけげんそうにつぶやいた。
そのとき――。
突然、ガガガッと地鳴りのような音が鳴り響いた！
大きな物音にビクッとした健太だが、部屋の異変に気づき、

「あ――！　あそこッ!!」

と、指さして叫ぶ。
ハマセン、背筋がビクーン！となり、またもやアワアワとその場をせわしなく歩き回る。
「なんだ！　なんだ！　今度はなんだ!?」

「暖炉が動いてる！」

健太の指さす先では、暖炉が床ごとガガガと横にスライドしていた。灰がもくもくと煙りだっている。
そして、床が移動し終えると、暖炉のあった場所にはポッカリと穴が開いていた。なんと、地下へ向かう階段が現れたのだ！
「暖炉の下に、こんな階段が隠れていたなんて……」
驚く一同に、真実はすずしげに告げる。
「やはり、正しい順番で床を踏んだときにだけ、地下室への道が現れるようになっていたんだね」
地下におりていくと、そこはオーディオルームになっていた。

部屋の中央のテーブルには、1台の蓄音機と、正方形のうすい紙のケースが置かれていた。

「もしかして、あれが……」

健太は息をのんだ。

みんなが立ちすくむなか、スタスタとテーブルにひとり進む真実。

正方形の紙のケースは、レコードジャケットだった。色あせた紙に、古ぼけた外国語の文字が並んでいる。

ジャケットを手にとって、真実は、じっくりそれを見る。

健太たちも、おそるおそるやってくる。

「かなり古そうだね」

おっかなびっくりでその古いレコードを見る健太。

「これ、何語なのかしら？」

美希は興味津々で、真実が手にしているジャケットを見た。

蓄音機
レコードに録音された音を再生する装置。原型は、1877年にアメリカの発明家・エジソンによるもの。ちなみに最初に公開された音源は、エジソン自身の声で録音された「メリーさんの羊」だった。

「これは、ハンガリー語だ。『暗い日曜日』と書いてあるね」
（真実くんは、ハンガリー語も読めるんだ……）
感心している健太の横で、美希の顔色が変わる。
「ちょっと待って、『暗い日曜日』って……まさか」
「んっ、なんなの？　それ」
けげんそうな表情の健太。
「あ、そのタイトル、ボクも、ちょっとだけ聞いたことあるよ」
凛が美希に言う。
「暗い日曜日か……。たしかに、学校のない日曜日は、みんなに会えなくて、さびしい気持ちになるからな……」
と、ブツブツつぶやくハマセン。
それをさえぎって、美希が説明をはじめた。
「『暗い日曜日』は、世界が第2次世界大戦に向かっていた重苦しい時代に、ヨーロッパでヒットした曲なの。酒場でこの曲を聞いた人がその場で拳銃自殺したり、レコードを持っ

て川に飛びこんで死んだりと、たくさんの自殺者を生んだといわれているのよ。そして作曲した人も、最後には自殺してしまったの……」

「ええっ、聞くと死んでしまうメロディーが、ホントに昔、あったんだ！」

美希の話を聞いて、健太は背筋が凍った。

「まあ、世界的に有名な都市伝説といったところだね。じゃあさっそく聞いてみようか」

真実は、ジャケットからレコードを取りだそうとする。

「ちょっと!!　命がかかってるのに、なに、その気軽さは？」

思わず、大声になってしまう健太。

「いや、この曲に何か超常的な力があるわけじゃない。この曲の歌詞は、失恋した人のことを歌っているんだ。そして、最後は自殺を決意するところで終わる。そこに暗いメロディー。さらに当時は、近づいてくる戦争の足音におびえ、人々は不安の中にいた」

健太の頭に、以前、テレビで見た映像がよぎった。

どんよりとした雲におおわれたヨーロッパの町を、何機も爆撃機が連なってゆく白黒映像だ。

「この暗い歌詞とメロディー、そして不安な時代にうながされるように、死へ向かってしまう人がたくさんいた、ということかもしれないね」

「なるほど、曲そのものは、あくまできっかけにすぎないということね」

美希はつぶやいた。

「爆発的に広まる都市伝説が生まれる背景には、その時代の不安要素と関わりがある場合も多いんだよ」

「時代と関係があるの？」

健太は不思議そうにたずねた。

「身近な例でいうと、『口裂け女』という都市伝説も、子どもたちが、学習塾に行きはじめた時代に生まれたと言われている。夜遅くに出歩くことが多くなった子どもたちの不安が、夜道に現れる口裂け女を生んだんだ」

「なるほどなぁ……」

ハマセンも感心して聞いている。

口裂け女
1979年ごろに流行した都市伝説。マスクをした女が夜道に現れ、「わたし、きれい？」と聞いてくる。「きれい」と答えると、「これでも？」と言いながらマスクをはずし、耳まで裂けた口を見せるというもの。

「つまり、今の時代のぼくらがこの曲を聞いたからといって、なにかが起こるわけじゃない」
冷静な真実の口調に、健太も落ちつきを取りもどした。
「そうか、そうだよね。うん、聞いてみよう！」

「オレにまかせろ。先生も昔、レコードを持ってたからな」
ハマセンが、なれた手つきで「暗い日曜日」のレコードを取りだし、蓄音機にセットした。
回転をはじめるレコード。
ハマセンがレコードに針をおとす。
プツ、プツ、というノイズとともに、もの悲しいメロディーが流れはじめる。
音に身をゆだねるように、目を閉じる真実。
凛も、まねして目を閉じて聞きいっている。
（悲しいけど、不思議なあたたかみのある曲でもあるなあ……。あれっ、でも……）

健太は、ピリリと頭に違和感を覚えた。
見ると、凛も苦しそうに頭をかかえている。

「なんだか頭が痛いよ」
「凛くんもなの？
ぼくもホントに頭が痛いんだ」
「実はね、わたしも
なんかこめかみが痛いの」

美希も指でこめかみを押さえている。
「だいじょうぶかい？」
真実は、心配して健太の顔色を見る。しかし、その真実も、みけんにシワを寄せ、痛みをがまんしているようだ。

「おいおい、冗談じゃないのか？　先生はピンピンしているぞ」

「や……やっぱり死のメロディーだったんだ。どうしよう、真実くん」

真実は、蓄音機に歩み寄り、レコードを止めた。

「みんな、その場に座って休むんだ」

真実に言われ、床に座りこむ一同。

「みんな、だいじょうぶか？

何が起こったんだ！」
ひとりだけ平気なハマセンは、みんなを心配する。
音楽が止まってしばらくすると、みんなの頭痛がやんだ。
真実はレコードを手に取って見ていた。
外側のレコードジャケットにくらべて、中のレコード盤が真新しいことに気づく。

「わかったぞ、この世に科学で解けないナゾはない」

真実は、人差し指で眼鏡をクイッとあげた。
「このレコードは、死のレコードなんかじゃない。
誰かが、このレコードに細工をしたんだ」

どうして
浜田先生だけ
なんともなかったのか。
それが今回のポイントだよ

解決編
かいけつへん

翌日の花森小学校で、真実は、みんなをパソコン実習室に呼びだした。

ハマセンもやってきた。

真実は、レコードの音声をパソコンの音声解析ソフトで調べたデータを、みんなに見せた。

「あのあと、レコードの音楽を録音して調べてみたんだ。これが、『暗い日曜日』のメロディーの波形だね。しかし、この部分を見てほしいんだ。メロディーとは別に非常に高い音域の音が収録されているのがわかるかい？」

「ほんとだ、一定にずっと鳴っている音があるね」

ディスプレーに見いる健太。

「なにか、メロディーとは違う変な音が入っていたってこと？」

美希は首をかしげた。

「モスキート音だよ」

真実はディスプレーを見ながら告げた。

「モスキート音って？」

健太が不思議そうにたずねると、健太のとなりにいた凛が、口をひらいた。

「……高周波音のことだよ。モスキートは英語で蚊のこと。蚊が飛ぶ音みたいなキーンという音から、そう呼ばれているんだって」

凛がそう言うと、真実は続けて説明した。

「ああ。モスキート音を聞くと、気分が悪くなったり、頭痛がしたりするといわれている。みんなが具合が悪くなったのは、この音のせいだったんだよ。それじゃあ、体調が悪くならない程度に、ほんの少しだけ、モスキート音を流してみよう」

パソコンをクリックする真実。

「ホントだ。キーンという音がする！」

驚く健太。

「え、ぜんぜん聞こえないぞ！」

ハマセンはとまどっている。

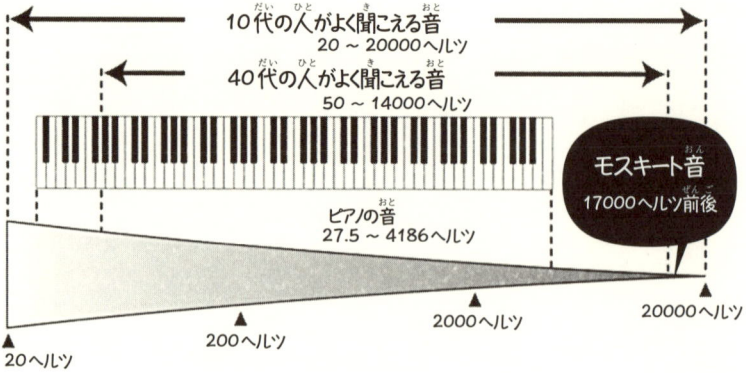

「そう、モスキート音には、聞こえる人と聞こえない人がいるんです。モスキート音が聞こえるのは子どものうちだけ。20歳を過ぎるころから、じょじょに聞く力がおとろえて、モスキート音が聞こえにくくなるんです」

「そうだったのか……。それで、あのときオレにはなにも起こらなかったのか」

ハマセンは納得した。

「そんな音が、『暗い日曜日』には、収録されていたってこと？」

美希が聞くと、真実は首を横に振った。

「いや、そうじゃない。このレコード盤、よく見ると新しいだろう。誰かが、『暗い日曜日』の音源に、モスキート音をしのばせて、新しくレコードをつくったんだよ」

「未来人Ｉの予言に乗っかった、誰かのイタズラだったってわけね。だけど……そんな手の込んだことを、いったい誰がするのよ」

美希はポツリと言った。

健太は、都市伝説を聞いたときには感じない、別の恐怖を感じた。

（わざわざ、そんなことまでするなんて……。ものすごいうらみや、悪意をもった誰かが、この町にいるってことかな……）

健太は町にしのびよりつつある、得体のしれない影を感じとり、不安になった。

●

ザー、ザザッ　ザー、ザザッ

午前０時――。

モスキート音の利用

深夜にコンビニや公園で、若者が騒いだり、たむろしたりしないように、モスキート音を鳴らすケースがある。

ナイトツアーの答え

数字の順番で移動すれば、すべてのマス目を踏むことができる。

動画サイト「ＩＴｕｂｅ」に、また1件の動画が投稿された。
最初は砂嵐だけの画面が、13秒後には、ぼんやりとした映像になり、未来人Ｉを名のる、仮面をつけたぶきみな人物が姿を現す。

「ワタシノ名前ハ、未来人Ｉ。
ワタシハ予言スル。
名無シノ墓ニ名前ヲ書カレタ者ハ、
墓場ノ霊ニ招カレテ、
七日以内ニ死ヌデアロウ」

未来人Ｉがパチンと指を鳴らすと、画面が暗くなっていく。
ザー、ザザッ　ザー、ザザッ
動画は終了した。

SCIENCE TRICK DATA FILE

科学トリック データファイル

音が聞こえるのはなぜ？

耳に入った音（空気の振動）は、鼓膜と耳小骨で増幅され、蝸牛に送られます。蝸牛の中には、「毛」のたくさんついた有毛細胞があり、音の振動をキャッチして、電気信号に変えて脳に送ります。脳がその信号を受け取ることで、ようやく音として感じます。

この有毛細胞は、壊れると元に戻りません。蝸牛は奥にいくにしたがって低い音を感じるようになっており、高音を担当する手前の有毛細胞は、常に音にさらされ続けるので、先に壊れやすいのです。そのため、年を取るにつれて、高音が聞こえにくくなるのです。

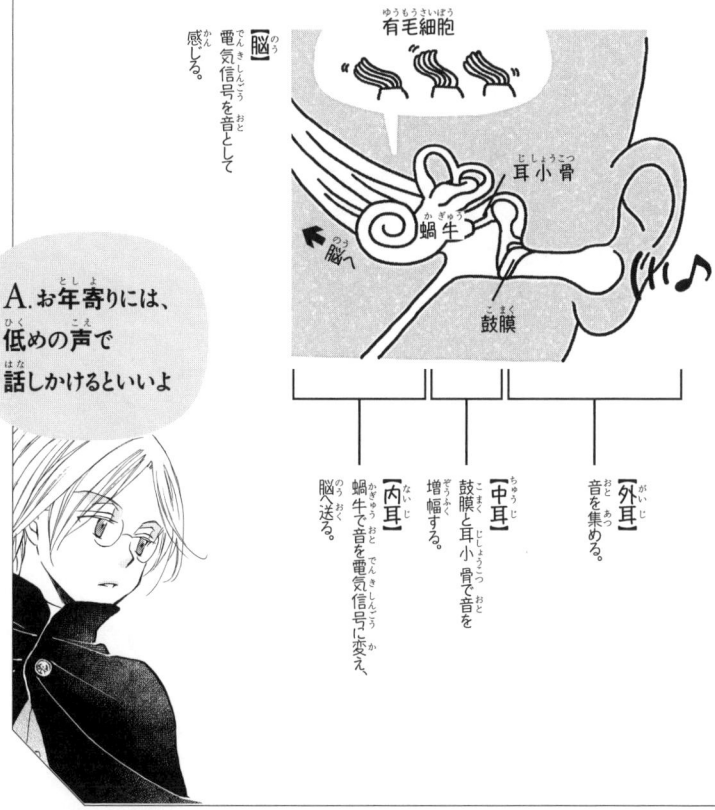
有毛細胞
耳小骨
蝸牛
脳へ
鼓膜
【外耳】
音を集める。
【中耳】
鼓膜と耳小骨で音を増幅する。
【内耳】
蝸牛で音を電気信号に変え、脳へ送る。
【脳】
電気信号を音として感じる。
A.お年寄りには、低めの声で話しかけるといいよ

名無しの墓

な

な

は

か

魔界の都市伝説2

事件編

翌日――。

6年2組の健太のクラスは、未来人Iの話でもちきりだった。

「ねえねえ、昨日の動画、見た？」

「名無しの墓に名前を書かれた者は、七日以内に死ぬっていう予言だろ？」

「名無しの墓って、どっかで聞いたことあるよね」

「都市伝説のうわさじゃない？」

「いや、この町のどこかにあるって、3組のヤツが言ってたぞ」

「ひゃーっ！」

クラスメートたちの話を興味津々に聞いている健太。

しかし、話の輪に入っていくことはできない。

昨夜、健太はうわさの動画を見るため、午前0時まで起きていようとがんばっていたが、いつのまにか寝てしまい、気がつくと朝を迎えていたのである。

（また見のがしちゃった……。そういえば真実くんは、あの動画を見たのかな？）

健太は、真実のところへ行き、動画を見たかどうか聞いてみた。

「いや、べつに興味ないから……」
真実は、分厚い数学書に目を落としたまま答える。
すると、
「ボクは興味あるな！」
と、となりにいた飯島凛が身を乗りだしてきた。
「『死のメロディー』の予言も当たったし、今回も未来人Ｉの予言どおり、何か起きるんじゃない？」
「えっ、じゃあ、名無しのお墓に名前が書かれて、誰か死んじゃうってこと!?」
健太が驚いてたずねかえすと、
「いや、まあ、そういう可能性もあるかなって……」
凛は自信なさそうに答えたあと、「えへへ」と、頭をかく。
「実をいうと、ボク、動画、見てないんだよね。あれって、午前０時に１度しか見られないんでしょ？　がんばって起きていようと思ったんだけど、寝ちゃったんだ～」
「わあ、ぼくと一緒だ～！」

（そういえば凛くん、ホームズ学園では特別優秀じゃなかったって言ってたっけ……。なんだかぼくと似てる！）

健太は、凛に親近感を覚えた。

そのとき、キンコンカンコーンと、始業のチャイムが鳴る。

あわてて自分の席に着く健太。

集まっておしゃべりをしていたクラスメートたちも、それぞれの席に戻った。

午後の授業は、算数だった。

教壇に立った大前先生の手には、昨日おこなわれたテストの答案用紙がある。

「では、テストを返す。まずは謎野真実」

「はい」

「おめでとう、100点だ。謎野は転校以来、ずっと100点だね。さすがだよ」

大前先生はそう言いながら、「100」と書かれた答案用紙を真実に渡す。

「次は、飯島凛。おっ、キミも100点だね」

小6算数
100

（えっ、凛くんも100点!?）
健太は驚いて、凛のほうを見た。
英才教育のホームズ学園では、小学生で、すでに高校生レベルの数学の授業をおこなっているらしい。
凛が算数のテストで100点を取るのは、当たり前のことで、ホームズ学園では特別優秀じゃなかったといっても、健太とはレベルが違ったのだった。
「飯島は図書係の仕事もよくやってくれてるし、本当にえらいぞ。みんなも勉強だけじゃなく、係の仕事もしっかりやってくれよ」
大前先生はそう言いながら、ほかの生徒たちにもテストの答案用紙を返す。
返ってきた答案を見て、健太は、

「絶望的だあ！」

と言いながら、頭をかかえこんだ。

「……どうしよう。今回のテストで70点以上とれなかったら、お母さんに、強制的に塾へ行かされちゃうんだ」

真実がのぞき込むと、健太の答案には「69点」と書かれている。

「塾へ行かされたら、友達と遊ぶ時間も、ゲームをする時間も、マンガを読む時間もなくなっちゃう……」

そう言ってボヤく健太を見て、真実は「やれやれ」と、肩をすくめた。

「健太くん、キミを見ていると、つくづく日本は平和な国だって思うよ」

その日、学校から帰った健太は、おやつを食べるのもそこそこに、塾へ行くしたくをさせられた。

やってきたのは、美希の家。

健太が行くことになったのは、美希も通っている学習塾だった。

幼なじみの健太と美希は、家が近所で、母親どうしも仲がよい。

「よかった～！　健太くんが一緒なら安心だわ。塾への道に、お墓のある暗い場所があるから、美希ひとりじゃ心配だったのよー」
迎えにきた健太を見て、美希のお母さんは満面の笑みを浮かべながら言う。
「健太くん、美希をよろしくね」
美希のお母さんに、すっかり頼りにされてしまい、もはや逃げ場のない健太。
しかたなく、美希と並んで、塾へと向かったのである。

たいくつな授業が終わり、ようやく塾から解放されたのは、夜の8時過ぎだった。
「あー、疲れた……。明日の朝、起きられるかなぁ？」
日ごろ、勉強しなれていない健太は、そう言ってボヤく。
帰り道、一緒に並んで歩いている美希の横顔をチラリと見たが、何か考えごとをしているのか、美希は何も答えなかった。
しばらくして、美希がふと口を開く。
「ねえ、健太くん、昨日の動画、見た？」
「動画って、未来人Iの？　見ようと思ったけど寝ちゃったよ。……それがどうかしたの？」
「実は、未来人Ｉが言っていた名無しのお墓っていうのがね、この近くにもあるらしいの」
「ええっ!?」
驚く健太。
「もしかして、行きしなに通ったところ？　塾のすぐ近くに、墓地みたいなところがあったけど……」
「そう、そこ！　うちの塾では、前からその墓地に、名無しのお墓があるってうわさされてるのよ」
「えっ、ホントに!?」
「いつのころかはわからないけど、塾帰りの中学生たちがその墓地に肝試しに行って、名前の刻まれていないお墓を見つけたんだって」
「……それで？　その中学生たちはどうなったの？」
「お墓を見て１週間くらいのあいだに、次々と、病気や事故で亡くなったらしいわ」
「な、亡くなった!?　それってもしかして……？」

問い返す健太に、美希は神妙な顔でうなずく。
「最後にひとりだけ生き残った中学生がいたんだけど、その彼がね、みんなが亡くなった原因は名無しのお墓に関係あるんじゃないかと思って、確かめにいったんだって。そしたら、なんと――」
美希は声のトーンを落とし、いちだんと怖い口調で言う。
「名無しのお墓の墓石に、血のように真っ赤な文字で、自分の名前が書かれていたんだって」
「ひゃああっ！」
健太はゾッとして、思わず悲鳴をあげた。
「ねえ、これから、行ってみない？」
「えっ？　行くって、どこへ？」
「そのお墓が本当にあるかどうか、この目で確かめてみたいの」
「な……なに言ってんの！　ダメだよ。うわさが本当だったら、墓石に名前を書かれて死んじゃうんでしょ!?」

健太はそう言って止めようとしたが、美希は先に立ってスタスタと、お墓のほうへ歩きだしてしまった。

『健太くん、美希をよろしくね』

美希のお母さんの言葉を思いだした健太は、しかたなく、

「美希ちゃん、待ってよう！」

と叫びながら、美希のあとを追いかけていった。

墓地の入り口までやってきた健太。

――しかし、そこに美希の姿はない。

追いかけていく途中で健太は、美希を見失ってしまったのだった。

「美希ちゃん、どこ……？」

あたりを見回しながら、健太は美希に呼びかける。
（……ひとりで墓地に入ってったのかな？）
一瞬、逃げだしたい衝動に駆られたが、そのとき、またしても、美希のお母さんの言葉が頭の中で響いた。
（おばさんにお願いされた以上、美希ちゃんをほうっておいて、ぼくひとりで帰るわけにはいかない……）
健太はギュッとこぶしを握りしめ、勇気をふりしぼると、墓地の中へと足を踏み入れたのだった。

あたりは、シーンと静まりかえっていた。
健太の耳には、ひたひたと歩く自分の足音しか聞こえない。
しばらく行くと、街灯の光も届かない、真っ暗な場所に出た。
健太は、急に怖くなりはじめる。
（美希ちゃん、もう戻ってるかもしれないし、やっぱり引きかえそうかなぁ……）

そう考えて、うしろを振り返り、健太はがく然とした。
（……あれ？　ぼく、どっちから来たんだっけ？）
どこもかしこも真っ暗で、健太は帰り道がわからなくなってしまったのだ。
そのとき、少し離れた場所に、ぼおーっとした、オレンジ色の光が見えた。
とにかく、この暗い場所から一刻も早く抜けだしたい――。
そう思った健太は、オレンジ色の光に向かい、わき目も振らずに走りだした。

オレンジ色の光に包まれた場所に行くと、そこにはお墓がひとつ、ぽつんと立っていた。

「こ……このお墓は!?」

なんと、お墓には名前がない。
（もしかして……うわさの名無しの墓!?）
健太の背中に戦慄が走る。
そのとき、オレンジ色の光が、急に白っぽい、まぶしい光に変わった。

次の瞬間、名無しの墓の墓石に、文字が浮かびあがる。
それを見て、健太は凍りついた。

――宮下健太

そこには、血のような真っ赤な文字で、健太の名前が書かれていたのである。

「うわあああああっ!!」

叫び声をあげると、健太はそのまま気を失ってしまったのだった。

「健太くん！　健太くん、しっかりして！」
美希にゆり動かされ、健太は、ようやく目をさました。
「み、美希ちゃん……今までどこにいたの!?」
「ごめん……ちょっとしたすれ違い？」
美希は、健太を驚かそうとして、墓地の入り口付近の物陰に隠れていたという。

宮下健太

しかし、健太が先に墓地の中へと入っていってしまったため、あわててあとを追いかけてきたのである。

「それより、いったい何があったの？」

美希の言葉に、ハッとする健太。

「美希ちゃん、ぼく……もうダメだぁ～っ!!」

「ちょっと、やだ、どうしたのよ？」

泣きだした健太を見て、美希は驚く。

「ブタの貯金箱にある362円……ぼくの全財産なんだけど、美希ちゃんにあげるね。それから、ゲームやマンガも……」

「もう、さっきからなに言ってんの？　ちゃんとわかるように説明して！」

美希にうながされ、健太はふるえる手で、目の前のお墓を指さした。

「名無しのお墓を……見つけたんだ。墓石にぼくの名前が……。血の

貯金箱にブタの形が多い理由

有力な説のうち、ふたつを紹介しよう。ひとつは、ブタは一度にたくさんの子を産むことから、繁栄の象徴とされたから。もうひとつは、カン違いから生まれたという説で、昔、ヨーロッパで「Pygg（良質な粘土）で貯金箱をつくってほしい」と依頼された職人が、間違って pig（ブタ）の貯金箱をつくったのが人気を呼んだという説だ。

ような真っ赤な文字で『宮下健太』って！　ぼく、七日以内に死んじゃうんだ！」
「なに言ってんの？　お墓に健太くんの名前なんか書かれてないわよ！」
「えっ？」
「怖い怖いと思ってるから、幻覚を見たんじゃない？」
「ち、違うよ！　ホントにこの目で……」
健太はお墓に目をやるが、美希の言うとおり、そこには何も書かれていない。
あたりは、いつのまにか、もとのオレンジ色の光に包まれ、お墓はもとの名無しの墓に戻っていたのだった。

翌朝。
登校してきた健太を見て、真実はあっけにとられる。
「健太くん、そのかっこうはなに？　いったいどうしたんだい？」
健太は、体じゅうに、お守りや魔よけグッズをつけていたのだった。
「予言はホントだったんだ！　名無しの墓に名前が書かれた者は、七日以内に死ぬ……あれはぼくのことだったんだよ！　お墓の霊が、ぼくを迎えにこようとしているんだ！」
健太はそう言うと、一心不乱にお経のようなものを唱えはじめる。
あきれ顔の真実に、そばにいた美希が、詳しい事情を説明した。
「昨日、塾の帰りに、名無しのお墓があるとうわさされている墓地へ行ってみたの。名無しのお墓は、本当にあったわ。健太くんは、その墓石に自分の名前が書かれてたって言うんだけど……わたしが見たとき、名前なんかなかったのよ」
「なるほど……」
真実がつぶやくと、健太が横から言う。
「本当なんだって！　あたりが白っぽい光に包まれたとき、お墓の石にぼくの名前が……、ひとりでに浮かびあがってきたんだよ!!」
「白っぽい光に……？」
真実は、眼鏡をクイッとあげる。
「ねえ、健太くんが見たものが本当かどうか、今夜、3人で確かめにいかない？」
美希は提案したが、健太はプルプルと首を振った。

「今度お墓へ行ったら、ぼく、もう二度とこの世に戻ってこられなくなっちゃう」
すると真実も、そっけなく言う。
「……ぼくも遠慮しておくよ。今夜はちょっと用事があるんだ」
「もう！　ふたりとも頼りにならないんだから！　いいわ……それならわたしひとりで行くから！」
「そんな……やめたほうがいいよ、美希ちゃん」
おろおろする健太。
しかし美希は、勇ましくたんかを切った。
「だいじょうぶ。健太くんが死ななくてすむように、新聞部部長のこのわたしが、名無しのお墓のナゾ、解き明かしてみせるわ！」

その日の夜。
美希は、ひとりで墓地の入り口へやってきた。
あたりは真っ暗――。

道路わきに街灯がひとつ、ぽつんとあるが、今にも消えそうにチカチカしている。

墓地の中へ足を踏み入れる勇気が持てず、しりごみする美希。

真実や健太の前でたんかを切ったものの、やっぱり、ひとりは怖かった。

そのとき、背後から、

「美希ちゃーん！」

という声が聞こえてくる。

振り返ると、息を切らしながら、こちらに走ってくる健太の姿が見えた。

「ぷっ！　健太くん、なに、そのかっこう？」

健太は、昼間つけていたお守りや魔よけグッズのほかに、首にニンニクをつなげたネックレスを巻き、十字架を手にしている。

たんかを切る
歯切れのいい言葉で、いせいよくまくしたてること。

ニンニクと十字架
どちらも、吸血鬼ドラキュラが苦手なもの。ニンニクには殺菌効果があるため、ヨーロッパでは、古くから魔よけとして使われていた。

それを見て、思わず笑いだした美希に、健太は言いかえした。

「もう、笑わないでよ！　これでも決死の覚悟で駆けつけてきたんだからね！」

「ごめん、ごめん。なんかいろいろパワーアップしてたから。……もしかして、わたしのこと心配して来てくれたの？」

「美希ちゃんをよろしくって、おばさんに頼まれたから……」

「……ありがとう。健太くんのこと、見直したわ」

美希は、感激しながら言った。

「それにひきかえ、真実くんは冷たいわね。友達の健太くんがピンチだっていうのに、自分の用事を優先させるなんて……」
「きっとホントにだいじな用があったんだよ」
健太は、あわてて言う。
大好きな真実のことを、美希に、悪く思ってほしくなかったのだ。

健太と美希は、墓地の中へと足を踏み入れた。
「不思議だな。ひとりだったら怖くて、中へなんか絶対に入れないのに……」
「そうね。ふたり一緒なら、きっと勇気も2倍になるのよ」
ふたりは暗い墓地の中をそろりそろりと歩き、昨夜、名無しの墓があった場所へとやってきた。
そこは昨夜と同じように、オレンジ色の光に包まれていた。
目の前に立つお墓を見て、健太と美希はギクリと凍りつく。

「えっ、何これ!?」
「名無しのお墓が……増えてる!!」

なんと、名無しの墓は、三つになっていた。
ぼう然とする健太と美希。
そのとき、オレンジ色の光が、まばゆい、白い光に変わった。
すると、三つの墓石に、血のような赤い文字で三つの名前が浮かびあがる。

――宮下健太
――青井美希
――謎野真実

「うわあああああっ!!」
「きゃあああああっ!!」
同時に悲鳴をあげる健太と美希。
健太は、ふたたび気絶してしまう。
かろうじて踏みとどまった美希は、健太を起こそうと、必死で頬をたたき続けた。
「健太くん、起きて！　もう、頼むから、起きてってば！」
「うーん……」
ようやく目をさました健太は、キョトンとして、あたりを見回す。
「……あれ？」
気がつくと、墓石に書かれた3人の名前は、消えている。
いつのまにか、ろうそくオンリー五の光こ包まれ、お墓はひとつの名無しの墓こ戻ってい

「名前が消えた……いったいどういうこと!?」
首をかしげる美希。
「だから言ったじゃない！　あのとき、ぼくが見たのもホントだったんだよ！」
健太はそう息巻いたあと、「あれ？」と、つぶやいて、美希の姿をまじまじと見る。
「な……なによ？」
「美希ちゃんの服って、オレンジ色だったかなーと思って……」
「え？　わたし、今日着てる服は赤よ」
「でも、今はオレンジ色に見えてるよ？」
どういうことなんだろうと、今度は健太が首をかしげた。
そのとき、暗がりから、あやしい人影が近づいてきた。
「わわっ、悪霊退散！」
あわてて十字架をふりかざす健太。

「ふっ……キミは、あいかわらずだな」

そう言って現れたのは、真実だった。

「真実くん!!」

健太と美希は、同時に叫んだ。

「やっぱり心配して来てくれたんだね！　うれしいよっ！」

健太はそう言って、泣きながら真実に抱きつく。

「ちょっと……、離してくれないか」

真実は少しとまどったようすで、健太を引き離すと、あらたまった口調で言った。

「ぼくは最初から、ここへ来るつもりだった。ただキミたちとは行動を別にして、経過を観察したかったのさ」

おかげでナゾはすべて解決できたと、真実は言う。

「えっ？　それって、つまり……」

「名無しの墓に名前が浮かんだり、消えたりするのは、何者かがしくんだトリックだってことさ」

「えっと、じゃあ……ぼくは死ななくてすむの？」

「当たり前だろ」

「……よかった」

健太の手から、十字架がぽろりと落ちる。

健太はその場にへたりこむと、ホッと、安堵の溜め息をついた。

解決編
かいけつへん

「墓石に名前が浮かんだり、消えたりするのは、特殊な光を使ったトリックさ。このお墓をライトアップする光には、2種類の照明が使われている」

お墓の前に取りつけられたふたつの照明器具を指さしながら、真実は言う。

「ひとつは、ごくふつうの白熱電球だ。この明かりのもとでは、物の色はいちばん自然光に近い状態で見える」

「じゃあ、もうひとつは……？」

そうたずねた健太に、真実はほほえみながら答える。

「今、ついているこのオレンジ色の照明さ。これは『低圧ナトリウムランプ』という特殊な光なんだ」

「……低圧ナトリウムランプ？」

ナトリウムランプ
ナトリウムが放電するときに出す、特有のオレンジ色を利用したランプ。

聞きなれない言葉に、美希は眉をひそめた。

「低圧ナトリウムランプは、トンネルや高速道路などの照明によく使われている。省エネな半面、この明かりのもとでは色を識別することが難しいと言われてるんだ。低圧ナトリウムランプに照らされたものは、すべてオレンジ一色に見えてしまう……」

「そっか。わたしの服がオレンジ色に見えたのも、そのせいだったのね！」

そう言ったあとで、美希はハッとする。

「ひょっとして、お墓に書かれていたあの赤い文字も……？」

「もうわかったみたいだね。そのとおりだよ」

真実は、ニヤリとした。

「犯人はあらかじめ墓石に、赤い絵の具かなにかで名前を書いておいたのさ。色の見分けがつかない低圧ナトリウムランプのもとでは、文字が消えて、まるで名無しの墓のように見える。しかし、照明を白熱電球に切りかえると――」

真実はそう言いながら、照明器具のうしろにある植えこみの中に入っていき、何かを操作した。

すると、あたりを包んでいた光は、オレンジ色から、昼間のように明るい、白い光に変わる。

そのとき、三つの名無しの墓には、それぞれ、「宮下健太」「青井美希」「謎野真実」と、赤い文字で書かれた3人の名前が浮かびあがった。

「植えこみの裏側に、照明を切りかえるスイッチがあるんだ」

スイッチを指さしながら、真実が告げる。

「犯人は植えこみの中に隠れて、このスイッチを操作し、名前を浮かびあがらせたり、消したりしていたのさ」

真実の説明に、美希も健太も納得してうなずく。

「でもその犯人って、いったい誰なのかしら……？」

美希が眉をひそめてつぶやくと、健太がわきから言っ

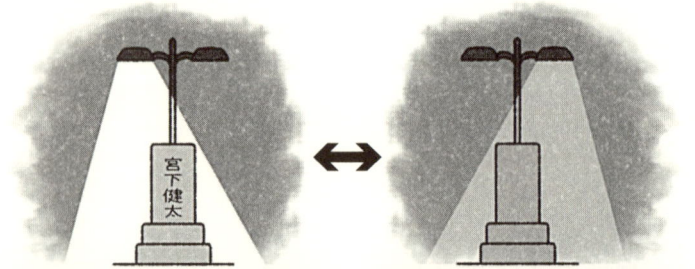

白熱電球のとき

色の区別がつくので、はっきりと文字が見える。

低圧ナトリウムランプのとき

文字の色の区別ができないので何も書かれていないように見える。

た。

「もしかして……、あのレコードのトリックをしかけた犯人と同じ人!?」

「残念ながら、犯人の正体については、ぼくにもわからない。……だがひとつ言えるのは、犯人がぼくたち3人の名前を知っているということ――そして、目的はわからないが、都市伝説を自らの手で引きおこし、現実のものにしようとしているってことだよ」

真実はふたりに言ったあと、張りつめた表情でつぶやく。

「それにしても、わざわざ三つの墓石まで用意するなんて……。手の込んだやりかたから考えて、単なるいたずらが目的とは思えない……」

●

その日の、午前0時――。

ザー、ザザッ　ザー、ザザッ

砂嵐がやみ、画面に白と黒の仮面をつけたぶきみな人物が現れる。

「ワタシノ名前ハ、未来人I。ワタシハ予言スル。
百物語デ炎ガ消サレタトキ、本物ノ怪異ガ、
マガマガシキ ソノ姿ヲ現シ、ソコニ集ウ者タチヲ、
死者ノ国ヘト、イザナウデアロウ」

謎の人物は予言を告げると、指をパチンと鳴らす。

ザー、ザザッ　ザー、ザザッ

「未来人I……」

砂嵐に戻ったパソコンの画面をじっと見つめながら、真実はつぶやいた。

2

SCIENCE TRICK DATA FILE

科学トリック データファイル

特殊な光を利用する

太陽の光は、特定の色を持たないように感じますが、実は、さまざまな色の光が混ざってできています。また、目に見えない赤外線や紫外線も含んでいます。

ここでは、目的にあわせて特定の領域の光だけを利用しているライトを紹介します。

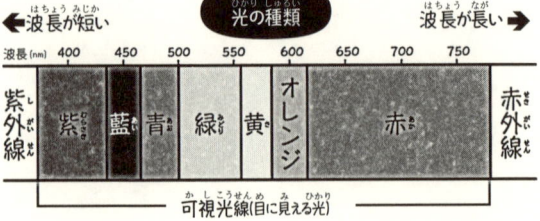

【美術館や博物館の展示用ライト】
展示品を傷める、赤外線や紫外線を出さない。

【ブラックライト】
紫外線が持つ、蛍光物質を光らせる性質を利用している。

【誘蛾灯】
蛾などの虫は、紫色から紫外線領域の光を好む。誘蛾灯は、その範囲の光を出して虫を集める。

【ナトリウムランプ】
オレンジ色の光は、ちりや霧の中でも遠くが見とおしやすいので、トンネル内の明かりに適している。

A. 光は電磁波の一種なんだよ

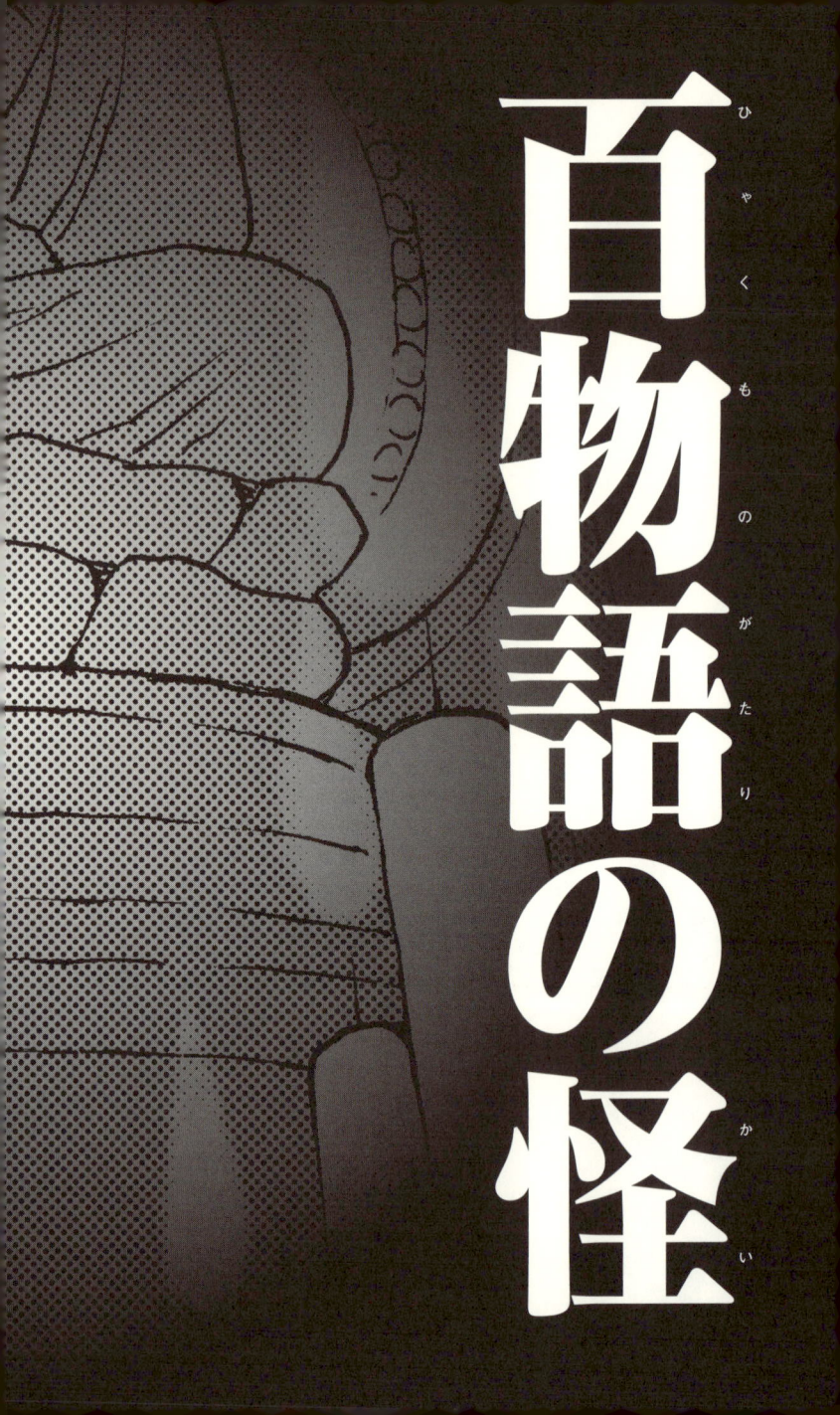

百物語の怪

ひゃくものがたりかい

魔界の都市伝説3

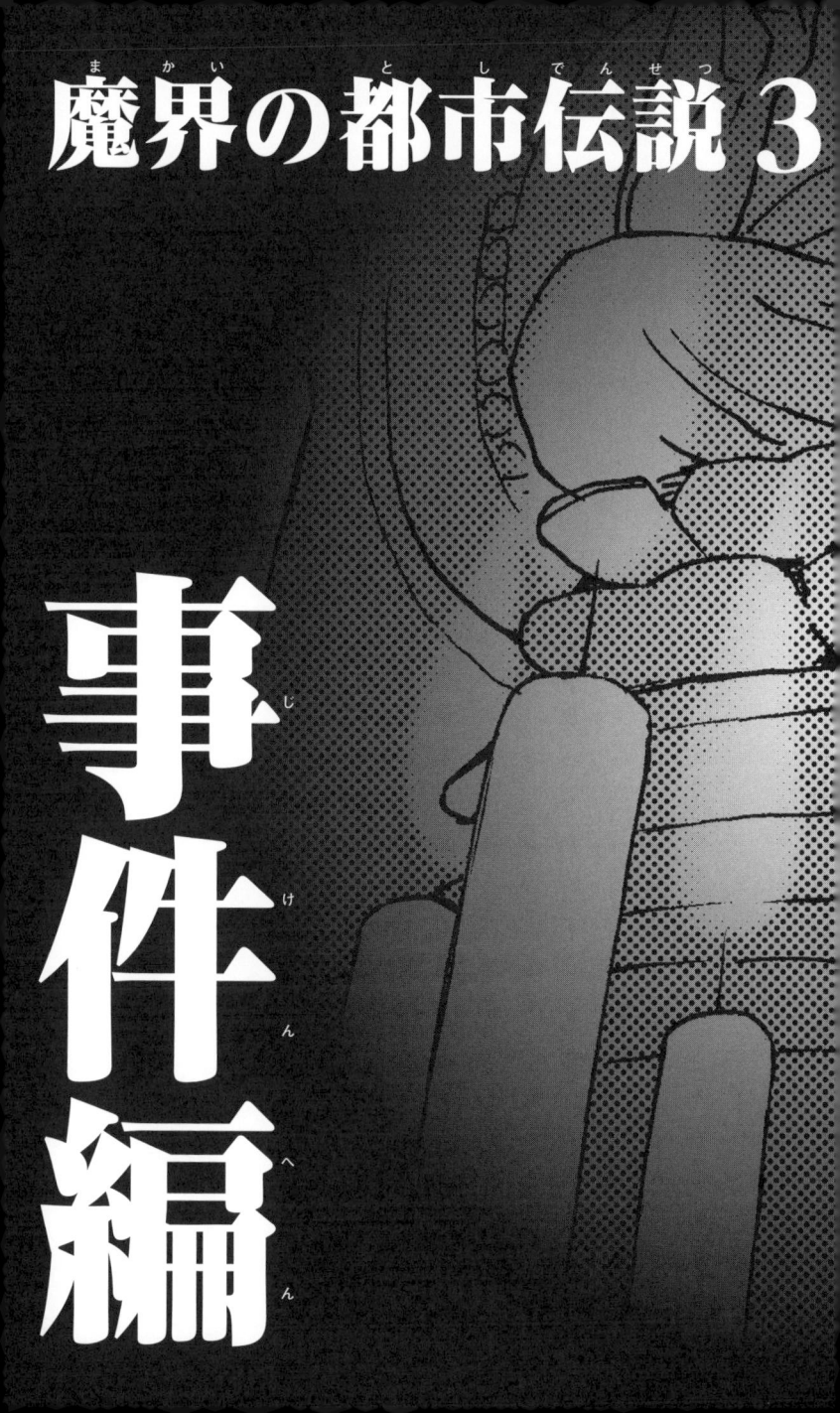

事件編

「ねえ、昨日の動画、見た？」
「百物語で本物の怪異が姿を現し……ってヤツだろ？」
「怪異って、お化けとか、幽霊のことだよね？」
「ひゃーっ！」
その日も朝から、6年2組の教室は、未来人Iの動画の話題でもちきりだった。
またしても寝てしまい、動画を見のがした健太。
しかし今日は、見たようなふりをして、話の輪に加わり、クラスメートたちと盛りあがっていた。
そのとき、教室の片すみから、ボソリとつぶやく声が聞こえてくる。

「百物語なら、うちのお寺で毎年やってるよ」

声の主は、お寺の息子の佐藤マサオ。
マサオの家のお寺では、毎年、檀家の人たちが本堂に集まって、百物語の会を開くのだという。

「百物語は、新月の夜におこなわれるんだ。参加者は全員、青い服を着て集まる。１００本のろうそくを立てて怪談を語り、１話語り終わるごとに、１本ずつ、ろうそくを消していくのさ」

「怪談って、怖い話のことだろ？」

「へえ、おもしろそうだなぁー」

（そういえば、都市伝説を現実のものにしようとしている犯人がいるって、真実くんが言ってたっけ……。百物語に幽霊が現れるっていうのも、都市伝説なのかな？）

真実の言う「犯人」を突きとめようと考えた健太は、身を乗りだしてたずねた。

「ねえ、その会、ぼくたちも参加できる？」

しかし、マサオは答える。

「残念ながら、ぼくたち子どもは参加できないんだ。百物語は徹夜でおこなわれるからね」

檀家
ある寺の信徒となって、その寺で葬式などをおこなう家や人々。

「……そっか」
肩を落とす健太。
「だったら、勉強会ってことにして、子どもだけでやればいいんじゃない？」
こう言ったのは、クラスメートの渡辺マリだ。
マリの両どなりには、ひょろりと背が高い高橋コージと、小柄でサル顔の伊藤ヒロシが立っていた。
3人は児童劇団に所属し、公民館などで、たびたび公演をおこなっている演劇トリオ。
マリはぽっちゃりした体つきで、自信満々な女の子。男子ふたりをいつも両わきにはべらせている。将来の夢は「美人女優」だという。
コージはキザなナルシシストで、ハリウッドスターを夢見ている。
アクションが得意なヒロシの夢は、スタントマンになることだった。
「言っちゃあなんだけど、怪談を語らせたら、わたしたち、演劇トリオに

ナルシシスト
うぬぼれや。特に、自分の見た目や行動に酔う人のこと。もともとは、水面に映る自分の姿に恋をしたという、ギリシャ神話の「ナルキッソス」からきた言葉。

ハリウッドスター
映画の都・ハリウッド（アメリカ）で撮影される映画に出るような、世界的なスター。

かなうものはなくってよ！」
マリが豪語すると、
「そうとも、ぼくたちは役者だからね」
と、コージも、キザなしぐさで長髪をかきあげる。
ヒロシは、その場でクルリとバック転をしてみせ、
「あ、そういうことだぁ！」
と、ポーズを決めた。
「……というわけで、今夜６時、マサオくんちのお寺で子どもだけの百物語の会を開くことにしたわ。参加希望

者は、青い服を着て、お寺の本堂に集合ね！」

「ちょっと待って！　ぼくはまだ何も……」

勝手に会を開くことを決めて、参加者をつのりはじめたマリに、お寺の息子のマサオはあせる。

だが強引なマリに押しきられ、結局、会は開かれることになった。

そのとき、教室の扉がガラリと開いて、となりのクラスの美希が入ってきた。

「話は聞かせてもらったわ！　百物語の会、わたしもぜひ参加させてもらうわよ！」

美希はそう告げたあと、百物語の会では、絶対に何かが起きると、みんなに断言する。

「百物語で最後に残ったろうそくが消され、真の暗闇がおとずれたとき、本物の怪奇現象が起きる――これは、日本に古くから言い伝えられている都市伝説なの。だから、百物語をやれば、必ず何かが起きる！　未来人Ｉ

スタントマン
主演俳優などの代役として、危険な演技を専門におこなう人。もちろん、映画では俳優本人が演じているように見せるため、スタントマンの顔は出ない。

の予言どおりなら、参加した人たちを死者の国へといざなうような、恐ろしい出来事がね！」

「死者の国!?」

健太は、ゾッとした。

話を聞いたクラスメートたちも、すっかりおびえてしまい、参加をしりごみしはじめる。

そんななか、飯島凛はバラ色の頬を輝かせ、にこにこしながら言った。

「怖いけど、なんかおもしろそう。ボク、参加したい！　ねね、真実くん、キミも参加するよね？」

「……そうだな。参加するよ。美希さんの言うとおり、何か起きるかもしれないからね」

真実はそう言って、参加の意を示す。

「わあ、よかった～！　ねね、真実くんも参加するってさ。百物語の会、もちろん健太くんも行くよね？」

「う、うん……。そうだね」

そこへ運よく、学級委員長の「マジメスギ」こと杉田ハジメが口をはさんでくる。
「ダメダメ、ダメです！　子どもだけで百物語をやるなんて絶対にいけません！」
（よかった～。マジメスギくんが反対してくれれば、会は中止になる）
そう思って、健太がホッとしかけたとき、マジメスギは続けて言った。
「どうしても会を開くというなら、監視役として、ワタシも参加させてもらいますよ！」
（えええ～!?）
健太は、目が点になる。
「マジメスギのヤツ、なんだかんだ言って、自分が百物語に参加したいだけなんじゃないか？」
監視役とか言いながら、なぜか、いきいきと目を輝かせているマジメスギを見て、クラスメートたちはヒソヒソとささやきあった。

午後6時。
早めの夕食をすませた健太は、青っぽい服を着て、マサオの家のお寺にやってきた。

本堂を入ってすぐのところには、ついたてがあった。
奥には仏像がまつられていて、その手前には、どっしりとした、長い座り机が置かれている。子どもたちは、そのまわりに集まっていた。
マサオと凛は、箱からろうそくを出して準備をはじめている。
「宮下くん、遅いですよ。こういう会には、約束の5分前に来るのが常識です」
6時ちょうどにやってきた健太に、マジメスギはダメ出しをし、くどくどと説教をはじめる。
そこへ、5分遅れで、マリ、コージ、ヒロシの演劇トリオが到着した。
「キミたち、遅刻ですよ！」
目くじらを立てるマジメスギ。
しかし演劇トリオは、それをものともせず、余裕の表情で言う。
「ごめん、ごめん。けいこが長引いちゃってさー」
「ま、真打ちは遅れてくるものよね」

真打ち
落語家の最上級ランク。寄席などで最後に出演する資格を持つ。

演劇のけいこからそのままお寺に来たという3人が加わり、10人の子どもたちが、その場に集まった。

顔ぶれは、健太、真実、美希と、演劇トリオ、凛、マジメスギ、お寺の息子のマサオ、そして、美希と同じクラスの田中ゆっこ――。

真実に片想い中のゆっこは、「謎野くんが来るなら……」と、参加を希望したのだった。

「みんな、そろったことだし、そろそろはじめようか」

マサオはそう言って、机の上に置かれたろうそくに火をつけようとした。

「待ってください！　火を使うなら万全の対策が必要です！　万が一、火事が起きそうになったとき、すぐに消火できるように、防火用の水を置いておきましょう」

マジメスギはそう言って、水をはったバケツをマサオに持ってこさせた。

「それと、ワタシからひとつ提案があります。子どもだけの集まりで夜遅くなるのはよくないので、百物語の会ではなく、十物語の会に変更しましょう」

みんなは、「え～？」と、不満の声をもらしたが、マジメスギはかまわず続ける。

「終了予定時刻は午後8時。10人の参加者がひとり1話ずつ怪談を語るとして、そこか

ら逆算すると、持ち時間はひとり10分前後になります。みなさん、よろしいですね？」
一同はなおも不満げな顔を見せたが、反論すると、かえって面倒くさいことになりそうなので誰も何も言わなかった。
「……言いたいことは、それだけ？　じゃあ、はじめるよ」
マサオの手により、本堂の明かりが消され、10本のろうそくに火がともされた。
うす暗い空間に、ろうそくの炎がゆらゆらとゆれる。
仏像があやしく照らされ、いかにも何か出そうな、ぶきみな雰囲気になった。
さっきまではしゃいでいた子どもたちは、シンと静まりかえる。

かくして、百物語――ならぬ、十物語の会がはじまったのだった。

トップバッターで怪談を語りはじめたのは、演劇トリオのマリだった。
「これは、わたしの友達のお姉さんが体験した話なんだけどね……」
そう言いながらマリは、芝居がかった口調で語りだす。

「中学の部活の合宿で、お姉さんは、ある旅館に泊まったんだって。そのとき、布団が敷かれた畳には、変なシミがあったそうよ。その夜、寝ているとき、ギイイ……ギイイ……って、妙な音が聞こえてきて、お姉さんは目をさましたの。すると、目の前に、ぶらあああ〜〜〜ん！　赤い着物姿の女が首をつって、天井からぶらさがっていたんだって。女は長い髪のあいだから、ギロリと、うらみのこもった目で、お姉さんをにらみつけていたそうよ」

マリがその女の目つきをまねると、参加者からは、悲鳴があがった。

ろうそくの1本が消され、あたりがまた少し暗くなる。

気のせいか、周囲の空気まで寒くなったように、健太には感じられた。

「次はワタシの番ですね」

そう言って、怪談をはじめたのは、マジメスギだった。

「これは、ワタシの敬愛する東大生のいとこから聞いた話なのですが……」

と、前置きし、

「登山部に所属していたいとこは、あるとき、仲間と山小屋に泊まろうとしたんですね。ところが、そこには、山で遭難した男の人の遺体が置かれていました。怖くなって、そこに泊まるのをあきらめ、いとこたちは、すぐに山を下りたんです。ようやくふもとにたどりつき、ホッとしたのもつかのま、いとこはうしろを振り返って、思わず悲鳴をあげました。なんと、登山部の仲間のひとりの背中に、山小屋の遺体そっくりの顔をした男の人がしがみついていたんですよ。こぉ～んなふうに……」

マジメスギはそう言いながら、となりにいた健太の背中にしがみつくしぐさをした。

「ぎゃあああっ！　離してっ、いやあああっ!!」

健太は驚いて、じたばたもがき、場は騒然となった。

怪談は、次々と語られ、そのたびに、ろうそくが1本ずつ消されていく。

半分のろうそくが消され、あたりがいちだんと暗くなったとき、お寺の息子のマサオの番になった。

「これは怪談っていうのとは、ちょっと違う気がするんだけど……。このお寺の本堂で百物語の会をやったときに、実際に起きた話なんだよね」

独特のボソボソした口調で語りだすマサオ。

「3年くらい前だったかなぁ……。このときも参加者は、主催者の父も含めて10人だったんだ。100話目の怪談が終わって、最後のろうそくが消され、なにごともなく会は終わったんだけど、そのとき参加していたひとりが『おかしい』って騒ぎはじめたんだ。10人いたはずの参加者が9人になってるって言うんだよ」

マサオはそこで言葉を切り、ろうそくに照らされた一同の顔を見回す。

「結局、誰か先に帰ったんだろうってことになって、その場はおさまり、みんな帰っていったんだけど、その後、近所で空き家がぽつんとできた。そこに住んでいた人のことは、誰も覚えていない。いなくなった参加者は、あの日以来、永遠に消えてしまったんだ……」

参加者たちは、息を詰め、シンとなった。

（もうダメ……怖すぎる！）

健太は、思わず耳をふさぐ。

「……あれ？」

そのとき、健太はあることに気づいた。

その場にいる人数をあらためて数えてみたら、10人いたはずの参加者が、9人になっていたのである。

「ひとり足りない。マサオくんが言ったとおりだ！　……いや、まさか」

未来人Ｉの予言が、健太の頭をよぎった。

百物語デ……本物ノ怪異ガ……姿ヲ現シ、
ソコニ集ウ者タチヲ、死者ノ国ヘト、
イザナウデアロウ

思わず立ちあがり、叫び声をあげる健太。

「きっと、死者の国に連れていかれたんだ！」

そのとき、ドンという鈍い音が、あたりに響きわたった。

同時に、ひゅーっと、一陣の風が部屋の中を駆けぬけていき、机の上に置かれていたろうそくの火を、すべてかき消した。
そして、真っ暗な闇がおとずれた。
「ひいっ！」と叫んで、身を縮める健太。
次の瞬間、暗がりの中に、ぼおーっと、何かが浮かびあがる。

「ぎゃあああっ!!」
「いやあああああっ!!」

浮かんでいたのは、死に神のような、恐ろしい顔――。
暗闇の中にもかかわらず、その顔だけが青白く光っていた。
あたりは、阿鼻叫喚の嵐となる。
「連れてかないで！　ぼく、死者の国へなんか行きたくない！」

参加者たちは悲鳴をあげながら、本堂の中をやみくもに逃げまわった。
「みなさん、どど、どうか落ち着いてください！」
そう言いながら、マサオに用意させたバケツに片足を突っこんで、大騒ぎするマジメスギ。
しばらくして、マサオが電気をつけた。
あたりは明るくなり、同時に、浮かびあがった恐ろしい顔も消える。
参加者はまた、もとの10人に戻っていた。

「ダメだ……もうぼくたちは、死者の国に連れていかれちゃうんだ」
泣きそうな顔の健太。
「怖い話をすると、呼ばれて霊が来るっていうけど……本当だったんだね」
凛も、放心したようすでつぶやく。

「どうでもいいけど、ふたりとも、ぼくから離れてくれないかな」
健太と凛は、両わきから真実にしがみついていたのだった。
「これは怪奇現象なんかじゃないから、安心していいよ」
真実が言うと、いまだパニック状態の健太は、おろおろしながらたずねる。
「でも、ろうそくの火がひとりでに消えて、死に神のような顔が現れたんだよ？　真実くんは、それを誰かがしくんだトリックだって言うの？」
「もちろんさ」
真実が答えると、凛ははずかしそうに、長いまつげにふちどられた目をふせた。
「キミがそう言うんなら、きっとそうなんだろうね。えへへ、ボク、びっくりして、取りみだしちゃったよ。……真実くん、よかったらキミの推理、聞かせてほしいな」
凛はそう言うと、とび色の大きな瞳を真実に向けた。

阿鼻叫喚
阿鼻地獄で責め苦にあって、泣き叫ぶようす。仏教では、地獄は八つあるとされ、阿鼻地獄は八つめの地獄。最悪の罪を犯したものが落ちるとされ、ほかの地獄の千倍もの責め苦を受けるという、とんでもない地獄。

「まずは、ろうそくの炎が消えたナゾだ」
たんたんと自分の推理を語りだす真実。
「十物語がはじまってしばらくたったあと、10人いた参加者は、9人になっていたよね？いなくなったひとりは、自分の席を離れ、あの、ついたての陰にかくれていたのさ」
真実はそう言って、机のそばのついたてを指さす。
「そして、その誰かは、持参したある道具を使い、風を起こして、残ったろうそくの火をいっぺんに吹き消したんだ」
「いったい誰なんですか、それは!? ワタシをこんな目にあわせるなんて許せません！」
バケツに突っこんで濡れた片足を指さしながら、マジメスギは息巻いた。
すると、その場にいた一同も、

本堂内の位置関係

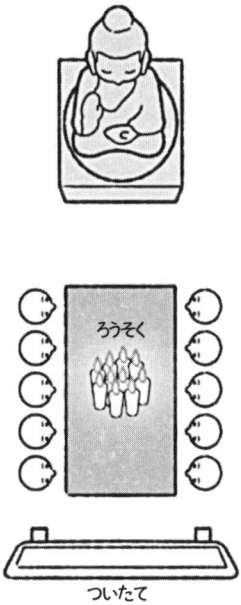

いっせいにざわめきだす。
「そうだ、誰なんだよ、こんなイタズラをしたのは!?」
「仮にその人物をXとしよう」
真実は、みんなに告げた。
「さっきも言ったように、Xは風を起こすために、ある道具を使ったんだ。それを持っている人物が、すなわちXってことさ」
参加者のうち、健太、真実、美希、凛、マジメスギ、ゆっこは、家から直接来たので、手ぶらだった。
お寺の息子のマサオも、もちろん手ぶらである。
一方、けいこの帰りにお寺にやってきた劇団トリオは、それぞれ演劇に使う道具を手にしていた。
マリが持っていたのは、舞台で使う暗幕である。それは厚く、黒い布で、光を通さない。
ヒロシが持参したのは、効果音に使うタイコとバチだ。たたくと、ドンという鈍い音がする。

そして、コージが持ってきたのは、縦長の段ボール箱。舞台のセットの家のえんとつにするとかで、箱の片面には丸い穴が開けられていた。

「なるほど……そういうことか」

真実はサラサラの髪をかきあげ、ニヤリとする。

【マリ】暗幕

【ヒロシ】タイコとバチ

【コージ】穴の開いた段ボール箱

「真実くん、キミはもう誰がやったかわかったの？」
そうたずねる健太に、
「ああ、ぼくが推理したとおりさ」
と、真実は答える。
「3人が持っている暗幕、タイコとバチ、段ボール箱のなかでひとつだけ、数メートル先のろうそくの炎を、一瞬にして吹き消す道具として使えるものがあるんだ」

解決編

かいけつへん

その場にいた一同は、ザワザワしながら、やったのは誰かと、小声で言いあった。
「いちばんあやしいのは、暗幕を持っている渡辺マリさんです。バサバサして風を起こしたにちがいありません」
マジメスギは決めつけたが、美希はけげんそうに眉をひそめる。
「でも、そんなことをすれば、さすがにみんな気づくわよね」
「風が起きたとき、ぼくはドンという音を聞いたよ。タイコのような音だった」
健太はそう言って、ヒロシのタイコを指さす。
「えっ、ぼくじゃないよ！　第一、タイコをたたいて、どうやって風を起こすっていうんだい？」
「そ、それは……」
そんな一同を見かねて、真実が正解を言う。
「やったのは、段ボール箱を持っている高橋コージくん、キミだね」
真実はつかつかと歩み寄ると、コージのかたわらに置かれていた段ボール箱を手に取った。

「片面に丸い穴が開いたこの段ボール箱……。これは空気砲としても使えるんだ。実際にこれを使って、実験をしてみよう」

真実は、空気の流れをわかりやすくするため、マサオに頼んで線香をたいてもらった。

その煙を段ボール箱の中に集めると、机の上のろうそくに火をつける。

「いいかい？　よく見てて」

ついたてのうしろ側にやってきた真実は、段ボール箱の丸い穴が開いた部分をついたての上に出して、みんなに告げた。

「じゃあ、行くよ！」

真実が段ボール箱の胴体部分をドンッとたたくと、丸い穴から、白いけむりの輪っかが勢いよく飛びだしてきた。

けむりの輪っかが、ろうそくの炎に当たる。

その瞬間、炎はすべて消えた。

一同から、どよめきが起きる。

「白い輪っかは、空気のかたまりさ。段ボール箱をたたいた衝撃で、この丸い穴から空気のかたまりが飛びだし、輪となって遠くまで飛んでいき、ろうそくの炎を吹き消したんだ」

実験のなりゆきを見ていたコージは、「フフン」と鼻を鳴らし、開きなおった。

「……ま、そこまで言われちゃあしかたがない。そうとも、ぼくがやったのさ。謎野くん、すべてはキミが言ったとおりだよ」

コージはそう言ったあと、ニヤリとしながら、自慢の長髪をかきあげる。

「しかし謎野くんは、だいじなことを見落としてるね。ろうそくが消えたあと、暗闇の中に現れた、あの青白い顔の死に神のことは、どう説明するんだい？」

「あれはいたって簡単なトリックさ。ネオンメイクを使ったんだろ？」

真実は、さらりと答える。

すると、その場にいた女子3人は、目を輝かせた。

「ネオンメイク、わたし、知ってる！」

「暗闇でブラックライトを当てると光る、蛍光塗料が入ったメイクでしょ!?」

「そう、そのブラックライトを、高橋くん、キミはどこかに隠し持っているよね？」

真実に指摘されたコージは、

「そこまでお見通しってわけか、まいったな～」

と、つぶやき、ズボンのポケットから、懐中電灯のような形をしたブラックライトを取りだした。

「今から、ここに死に神を出現させてみせる！」

本堂の明かりを消し、自分の顔にブラックライトを当てるコージ。

すると暗闇の中、あらかじめ透明のネオンメイクがほどこされ

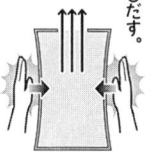

① 箱の側面をたたくと、穴から空気のかたまりが飛びだす。

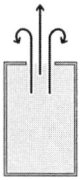

② 飛びだした空気のうち、外側の空気が、うずの輪をつくる。

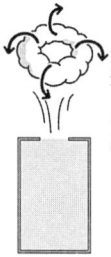

③ うずが回転しながら進むと、まわりの空気とのまさつが少なくなるので、遠くまで届く。

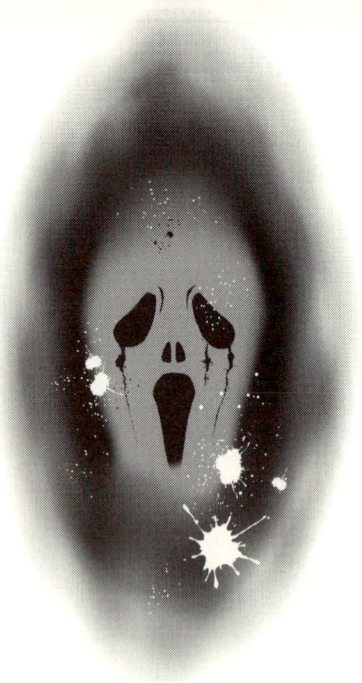

ていたコージの顔は、まるで死に神の顔のように青白く光った。

ふたたび悲鳴をあげる女子たち。

トリックとわかっていても、やっぱり怖いらしい。

その反応に満足したのか、明かりがついたとき、コージは満面の笑みだった。

「えっ、そんなに怖い？　いやー、そっか、そっか。だったら大成功だ！」

コージが怪奇現象を自作自演した動機は、役者としてのサービス精神だったらしい。

「役者にとって、日常のすべては劇場であり、舞台だからね。この十物語の舞台で、ぼくはセンセーショナルな恐怖を演出し、場を盛りあげようと思ったのさ」

「なるほどね」

腕組みしながら、うなずくマリ。

「その役者根性、立派だってほめてあげたいけど、このトリックを考えたのは、コージ、あんたじゃないでしょ？」

「えっ？　いや、それはその……」

「だってあんた、理科が苦手だもん。空気砲でろうそくの火を消すとか、そういうこと思いつかないでしょ？」

マリに突っこまれ、コージは、トリックを別の人間から教えられたと、白状する。

「下駄箱に手紙が入ってたんだよ」

コージが取りだした手紙には、パソコンで打たれた文字で、怪奇現象を起こすトリックが書かれていた。

しかし、送り主の名前は書かれていない。

そのとき、真実がポツリと言った。

「予言を確実に当てる方法がひとつだけある。それは、予言した本人が、その予言を実行することさ」

次の日の夜――。

自宅の2階にある健太の部屋には、真実の姿があった。

午前0時にしか流れない未来人Iの動画を、いつも寝てしまい、一度も見ていない健太。

しかし、今夜こそは見のがすまいと決意し、「一緒に見よう」と、真実を誘って、泊まりにきてもらったのだ。

「だいじょうぶ。真実くんがいれば、ぼく、絶対に寝ないから！」

コーヒー牛乳を10杯飲み、まぶたにセロハンテープをはって、健太はがんばって、起きていた。

しかし、0時が近づいたころ、うとうとしはじめる。

ザー、ザザッ　ザー、ザザッ
突然、聞こえてきた砂嵐の音に、健太はハッと目をさました。
見ると、机の前で真実がパソコンをたちあげ、動画サイト「ＩＴｕｂｅ」に投稿された動画を開いている。
「わっ、はじまっちゃう！」
健太も、あわてて動画を見た。
その直後、砂嵐がやみ、画面には、ぶきみな仮面をつけた人物が浮かびあがった。
「ワタシノ名前ハ、未来人Ｉ。ワタシハ予言スル。
タクシーカラ乗客ガ消エ、車ノ座席ガ呪イノ血デ、
ドス黒ク染マルダロウ」
いつもなら予言を告げたあと、未来人Ｉが指をパチンと鳴らし、動画は終了する。
――だが、今回は違った。

「謎野真実……」

未来人Ｉは、真実に向かって呼びかけてきたのである。

「今マデハ、ホンノ、オ遊ビダ。
コノ予言デ、キミハ本当ノ恐怖ヲ
知ルコトニナルダロウ」

次の瞬間、未来人Ｉは指を鳴らし、映像がとぎれた。
砂嵐に戻った画面をじっと見つめながら、真実はかたい表情でつぶやく。

「未来人Ｉは、どうやらぼくに挑戦したいらしい」

「どうしてそんなことを……？」

健太は少し考えてから、ハッとしたように言った。
「あっ、もしかして、真実くんのお父さんをさらった犯人だからじゃない？」
真実は、驚きの表情を健太に向ける。
「健太くん、キミはのんきそうに見えて、ときどき、鋭いことを言うね」
「え？」
「実は可能性のひとつとして、ぼくも同じことを考えていたんだ」
「ホ、ホントに？」
「いずれにせよ、今までの現象が、便乗した愉快犯ではなく、未来人I自身の手によって引き起こされていたことが、これでハッキリした。ただひとつわからないのは……、どうやってぼくたちの動きを監視していたかってことだ」
真剣まそう言うと、何かを考えこむようこ、ごまりこんご。

3

SCIENCE TRICK DATA FILE

科学トリック データファイル

ろうそくの秘密

ろうそくが燃える秘密は、「しん」にあります。熱されて溶けた液体のろうは、しんを伝ってのぼっていきます。そして、しんの先でさらに熱されて気体になり、ろうが酸素と結びつくことで燃えるのです。もし、しんがなければ、火をつけようとしても、ろうが溶けるだけで、燃えることはありません。

【「燃える」とは?】
ものが酸素と結びつき、熱と光を出すことを「燃える」といいます。

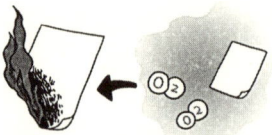

炎　　酸素+燃えるもの+熱

A.溶けたろうが熱されて、酸素と結びつくからだよ
【外炎】(約1400度)
いちばん外側の黄色くぼんやりした部分。空気と直接触れていて十分な酸素があるため、気体になったろうがよく燃える。
【内炎】(約500度)
オレンジ色に明るく光る部分。酸素が少しあるので、気体になったろうが燃えはじめて、明るく輝く。
【炎心】(約300度)
液体のろうが気体になるところ。青色で暗い。酸素がほとんどないので、まだ十分に燃えていない。
【しん】
ふつうは綿でできていて、液体になったろうを吸いあげるはたらきをする。

タクシーの幽霊

ゆうれい

魔界の都市伝説4

事件編

町はずれのひとけのない夜道を、1台のタクシーが走っていた。
「う〜、なんだか、うす気味悪い夜だな」
背筋をブルッとふるわせ、運転手はつぶやいた。
(そういえば家を出る前、小学生のおいっ子から、変な電話があったっけ)
「未来人Iが、タクシーの都市伝説がよみがえるって予言してたから、気をつけて!」
タクシーにまつわる都市伝説は全国各地にあるが、花森町に伝わるものはこんな内容だった。
20年前のある夜、病院の前で若い女性がタクシーにはねられて亡くなった。
女性は、長いあいだ病気で苦しみながらも必死にお金をため、その日ようやく手術を受けるために病院を訪れた……そんな夜に起きた悲劇だったという。
それ以来、夜になると白いワンピースを着た女の霊がタクシーを呼びとめ、病院へ行ってほしいと頼むというのだ。病院に着いて座席を見ると女の姿は消え、座っていたシートはどす黒い血で染まっている。そして、その女性を乗せた運転手は原因不明の病気にかかって死んでしまうという。

（う～、あいつのせいで、気味悪い話を思いだしちゃったじゃないか）

気分でも変えようと、ラジオのスイッチに手をのばしたとき、ヘッドライトの光が、夜道で手を挙げて立つ人影を照らしだした。

若い女性のようだった。髪が長く、白いワンピースを着ている。

（こんな真冬に白いワンピース1枚……都市伝説と同じ？）

心臓がドキリとした。

運転手はおそるおそるその人の横で車をとめ、運転席にあるレバーを引いた。
ガチャリと後部座席のドアが開く。
その人は無言のままタクシーに乗りこんできた。
バックミラーに目をやったが、車内は暗く、相手の顔はよく見えない。
「あの……、どちらまで？」
「……花森病院まで」
消えいるような、弱々しい声だった。
「花森病院？　あそこは……」
（5年前につぶれて、今は廃墟になってるはずだ）
「……お願いします」
蚊の鳴くような声に続き、苦しそうな息がとぎれとぎれに聞こえた。
「あ、はい。わかりました」
運転手はあわてて車を発進させた。
このあと、想像を絶する恐怖が待ちうけていることなど知らずに……。

タクシーの自動ドア
運転席についたレバーで、後部座席のドアを開閉するしくみ。1964年、東京オリンピックが開催されたときにこぞって導入され、全国に普及した。

――翌日の花森小学校。

6年2組は理科室で実験の真っ最中だった。

「よ～し、いくよ！　凛くん！」

「いいよ！　健太くん」

飯島凛が手にした試験管に、健太がスポイトで「せっけん水」をたらす。

ポチョン

小さな水の音とともに、試験管に入っていた「紫色」のムラサキキャベツの煮汁が、一瞬で「青色」に変わった。

「うわ～、すぐに変わった！　青色に変わったってことは……せっけん水はアルカリ性ってことだよね？」

健太が横を見ると、すでに実験を終えた真実は教室のようすをながめていた。

ムラサキキャベツの煮汁

元は紫色だが、酸性の液体を混ぜると赤っぽく、アルカリ性の液体を混ぜると青っぽく変化する。これは、ムラサキキャベツに含まれるアントシアニンという色素のはたらきによるもの。

「どうしたの？　真実くん」
「ちょっと考えてたんだ。未来人Ｉのことをね」
真実の言葉に、健太と凛は顔を見合わせた。
真実の視線の先では、マリたち演劇トリオやお寺の息子のマサオなど、6年2組の生徒たちが実験を進めている。
試験管を手に、それぞれの班を見てまわっているのは大前先生だ。
「どうだ～？　手品みたいでおもしろいだろう。色が変わる化学反応はほかにもいろいろあって……」
理科オタクの大前先生がうれしそうに語りはじめたそのとき。
ガラリと理科室の扉が開いた。
「**たいへんもうしわけありません。**
ワタシ、不本意ながら、
人生初の遅刻をしてしまいました！」

化学反応
物質が、別の物質に変わる現象を化学反応（化学変化）という。水が水蒸気に変わるのは、元の物質から変わるわけではないので、化学反応とはいわない。

扉の向こうに立っていたのは、真っ青な顔をしたマジメスギだった。

授業の終わりのチャイムが鳴っても、マジメスギは、ボーッと理科室の椅子に座ったままだった。

「杉田くん、何かあったの？　顔色が悪いよ」

健太が心配して声をかけると、マジメスギはビクッとして顔をあげた。

理科室には、真実、健太、凛のほかには誰もいない。

マジメスギは真実に目をとめると、わなわなとくちびるをふるわせた。

「謎野くん。キミはクラスの活動にも参加せず、ことあるごとに団体行動の輪を乱し、学級委員長のワタシにとって、やっかいこのうえない存在です。……しかし、くやしいが、推理力だけはこのワタシとほぼ同じレベル……、いや、ほんの少しだけワタシより上かもしれません」

そこまでひと息にしゃべると、マジメスギは突然、深々と頭を下げた。

「そんなキミを見込んで、お願いがあります！　ワタシのおじさんを助けてほしいんです！」

健太は目をパチクリさせた。

理科室の椅子の秘密

理科室の椅子には、ふつうの教室の椅子のような背もたれがない。これは、いざ何かが起こったときに動きやすいからだ。危険な実験をすることもある理科室ならではの工夫だ。

「杉田くんのおじさん？」
「はい。ワタシのおじさんは、タクシーの運転手をしていて……ゆうべ、女の幽霊に出会ったというんです」
それを聞いた凛は、ピンと人差し指を立てた。
「タクシー!? それってもしかして、未来人Ｉが予言した？」
「ええ、きっとそうです」
「杉田くん。その話、聞かせてくれないかな？」
真実がそう言うと、マジメスギは真実のほうに体を向けた。
そして、勇気をふりしぼるようにして、ゆっくりと語りはじめた。
「……昨日の夜中、おじさんが転がりこむようにワタシの家に来て、ふるえながら話しはじめたんです。タクシーに白いワンピースの女性を乗せたと。それから恐ろしいことが起きたんだと……」
健太はゴクリとつばをのみこみ、マジメスギの話に聞きいった。

マジメスギのおじ・杉田聖が運転するタクシーは、白いワンピースを着た客を乗せて、夜道を走っていた。

おそるおそるバックミラーをのぞくと、うす暗い後部座席で、その客は髪を乱し、苦しそうに息をしていた。

やがて、ヘッドライトの先に花森病院のシルエットが浮かびあがった。

廃墟と化した巨大な病院。

まわりには明かりひとつなく、ぶきみな雰囲気がただよっている。

（こんな場所にいったいなんの用事があるんだ？）

杉田はとまどいながらも、閉ざされた病院の門の前に車をとめた。

「お客さん、花森病院に着きまし……」

そう言いかけてギョッとした。

病院の門に、血のように真っ赤な文字が大きく書きなぐられていたのである。

わたしをひいたのはおまえだな

その文字は、苦痛にあえぐように、ぶきみにひしゃげていた。
ゾクリと寒気が全身を駆けぬける。
そのとき。
チャポン……液体がゆれる音がかすかに車内に響いた。
杉田はハッと我に返り、バックミラーをのぞいた。
そして目を疑った。
後部座席に座っていたはずの客が、いなくなってしまったのである。

「……女性が消えた!?」

ドクン！と心臓が大きく鼓動した。
（そんなバカな。ドアはずっと閉まっていたはずなのに）
とっさに運転席にあるレバーを引いた。
ガチャリと音がして、後部座席のドアが開く。
（やっぱりドアは閉まっていた。だったらどうして!?）

車を降り、おそるおそる後部座席へと近づいた。
開いたドアから車内をのぞくが、やはりそこには誰もいない。
だが、何かがおかしい。
さっきまで客が座っていたシートが変色している。どうやら濡れているようだ。
「……水？」
そうつぶやいた瞬間――。
濡れていたシートが、一瞬のうちに血の色に変色したのである。
その色はどす黒く、まるで、死者の怨念が車を包みこむかのようだった。

「うわーっ！」

夜の闇に、杉田の叫び声がこだました。

マジメスギの話を一同は息を詰めて聞いていた。
「おじさん、具合が悪くなってしまって……。だから心配なんです」
健太はゴクリとつばをのみこむ。
（都市伝説のとおりだ！　女の幽霊に出会うと、原因不明の病気にかかって死んじゃうって）
一同は重く、冷たい空気に包まれた。そのとき――。
「話は聞かせてもらったわ！」
突然の声に振り向くと、健太たちのすぐうしろに美希が立っていた。
「わ～！　美希ちゃん。どうしてここに？」
凛がたずねると、美希はフフンと笑ってみせた。
「どうしてもなにも、みんなも見たでしょ？　このあいだの未来人Iからのメッセージ」
謎野真実……コノ予言デ、キミハ本当ノ恐怖ヲ知ルコトニナルダロウ
「あれは真実くんへの挑戦よ！　だとすれば、スクープをゲットする方法はただひとつ。謎野真実から目を離すべからず！　事件は向こうからやってくる！　やっぱりわたしのカンは当たってたみたいね」
そこまで言うと、美希は真実に駆け寄った。
「真実くんなら、もちろんこのナゾ解けるわよね？」
真実は、マジメスギを見て言った。
「事件の真相は科学が教えてくれる。ナゾが解ければ、おじさんも元に戻るはずだよ」
マジメスギは、感激して涙があふれそうになった顔を、あわててキリリとひきしめた。
「これは、いつもクラスの輪を乱すキミの、名誉挽回のチャンスです。頼みましたよ！」

その日の放課後。
マジメスギのおじ・杉田聖が運転するタクシーが花森病院の前でとまった。
待っていたのは、真実と健太、美希、凛、マジメスギの5人。
杉田は、青ざめた顔でタクシーから降りると、後部座席のドアを開いてみせた。
「どうしていいかわからなくて……ゆうべのままなんだ」
健太がおそるおそるのぞきこむと、シートにはどす黒い「血」の痕が残されていた。

「うわ～、真っ黒！」
「最初は水だと思ったんだ。それが突然、こんな色に変わって……」
美希はシートにカメラを向けて、パシャパシャとシャッターを切った。
「これ、本当に血なのかしら？　墨みたいにも見えるけど」
美希の言葉に、凛は人差し指で巻き毛をクルクルいじりながら首をかしげた。
「でも、いきなり墨に変わる水なんて、聞いたことないよ～」
真実はすでにシートから目を移し、

あたりのようすを観察していた。

「この事件にはナゾが多い。順番にひとつずつ見直していこう。そうすればきっと答えにたどりつけるはずだ」

真実は病院の門の前へ移動した。

鉄製の門は閉ざされ、「立入禁止」と書かれた板が針金で固定されている。

「ゆうべ、タクシーの中から、この門に書かれた文字を見たんですよね？」

真実が聞くと、杉田はうなずいた。

「ああ。赤い色で、書きなぐったような、ぶきみな文字があったんだ」

しかし、門を見ても、赤い文字など見あたらない。

おびえたように健太がつぶやく。

「やっぱり幽霊のしわざなんじゃ……。だから文字が消えちゃったんだ

病院と診療所の違いって？

法律では、入院用のベッドが20以上あるものを「病院」、19以下のものは「診療所」としている。どれだけ建物が大きくても、入院用ベッドが19以下なら、病院とは呼べない。

よ！」

「いや。どうやら消えたわけじゃなさそうだ」

真実が門の下を指さすと、地面には、赤いペンキの跡が点々とついている。

凛はハッと気づいて、キラキラと目を輝かせた。

「ペンキ!?　そうか、真実くん。看板をはずしてみようよ！」

凛がすばやく針金をほどき、「立入禁止」と書かれた板をはずすと……。

「出たあ！」

健太は驚きの声をあげた。

わたしをひいたのはおまえだな

鉄の門に、真っ赤なペンキで書かれた文字が現れたのである。

「これだ……。わたしが見たのはこの文字だよ」

声をふるわせ、あとずさりする杉田に、真実が声をかけた。

「安心してください。これは幽霊のしわざなんかじゃない。あるねらいがあって、誰かがペンキで書いたものです」

その言葉にマジメスギが眉をひそめる。

「あるねらい？　それはいったいどういうことですか？」

「ゆうべ、この文字を見ているあいだに、それまで後部座席にいた客がいなくなった――そうですよね？」

「そうなんだ。気がついたら消えていたんだ」

杉田の答えに真実はうなずいた。

「なるほど。じゃあ、今からぼくもためしてみよう」

「まさか、タクシーから消えるってこと!?　そんなの幽霊でもないのにできっこないよ！」

驚く健太をよそに、真実はすずしげな顔で答えた。

「いいや、できるさ。犯人のねらいどおりにいけばね」

真実はタクシーの後部座席に座った。

タクシーの運転席には杉田、助手席にはマジメスギが座っている。
「では、はじめましょう。ゆうべ、この場所に車をとめたときと同じように、行動してもらえますか？」
「ああ。わかった」
杉田はバックミラーに映る真実の姿を確認すると、窓の外へ目を移した。
赤い文字が書かれた門の横では、健太、美希、凛の3人がなりゆきを見守っている。
「こうして10秒くらいのあいだ、あの文字を見ていたんだ。そうしたら……」
一緒に窓の外を見ていたマジメスギがハッとしてつけ足す。
「車の中で、液体がゆれる音が聞こえたんですよね？」
「ああ。その音で我に返って、バックミラーを見たんだ」
杉田とマジメスギは目を合わせた。そして同時にバックミラーに目をやった。
すると――。
後部座席にいたはずの真実の姿が消えていたのである。

「ひいいいっ！　謎野くんがいません！」

マジメスギはあわててうしろのシートを振り返ったが、やはり真実の姿はない。

「ゆうべと同じだ……。ドアは閉まっていたはずなのに！」

杉田は運転席にあるレバーを引いた。

ガチャリとうしろのドアが開く。

杉田はあわてて車を降りて、後部座席に駆け寄った。

車内をのぞいたが、真実の姿はどこにもない。

「そんなバカな」

「こ、これはいったいどういうわけなんです!?」

異変に気づいた健太たちもタクシーに駆け寄ってきた。

「真実くんが……、ホントに消えちゃった!?」

健太が大きな声をあげたそのとき――。

「ぼくはここだよ」

その声に振り向くと、真実がタクシーのうしろからヒョイと姿を現した。

「ええっ、いつのまにそんなところに!?」

マジメスギは目を丸くした。

真実は、マントについたほこりをはらいながら平然と答える。

「シンプルなトリックさ。まず、ふたりが窓の外の文字を見ているすきに、後部座席の足元にしゃがんで隠れる」

「ええっ!? じゃあ、ワタシたちがバックミラーを見て驚いたときは、まだ車の中にいたんですね? しかしドアは閉まっていたハズです。いったいどうやって外に出たんですか?」

「ドアは開けてもらったよ。キミのおじさんにね」

真実の言葉に、杉田はハッと息をのんだ。

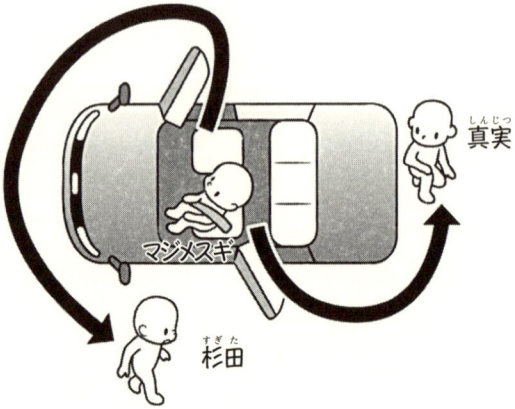

「わたしが確認のために、うしろのドアを開けた……あのときに？」
「ええ。開いたドアのすきまから車を降りて、うしろに回りこんだんです」
真実のタネ明かしに、健太は驚くよりもあきれてしまった。
「タクシーから消えるって、そんなに簡単なことだったの!?」
「信じられないような事件ほど、トリックは簡単なものさ。簡単すぎて、まさか、そんなトリックがあるなんて思いもしない……。ぼくも、これを見るまではそうだった」
真実は、門に書かれた真っ赤なペンキの文字を指さした。
「犯人は何のためにこの文字を書いたのか？　どうして運転手の目を、車の外に向けさせる必要があったのか？」
真実の問いかけに、凛がポンと手を打つ。
「そうか！　車内から注意をそらして、そのすきにタクシーの座席の足元に隠れる。それが犯人のねらいだったんだね？」
「そのとおりだ」
真実がコクリとうなずく。

「それじゃあ、残るはいよいよ最後のナゾね！」
そう言うと、美希はどす黒い「血」の痕におおわれたシートを指さした。
「濡れたシートは、どうして突然、真っ黒な血の色に変わったの？」
みんなの視線が真実に集まる。
真実は、サラリと髪をかきあげた。
「それならたった今、ナゾを解く鍵を手に入れたよ」
そう言ってポケットから取りだしたのは――ふたつの黒いゴムのかたまりだった。
「これがナゾを解く鍵？」
健太が首をかしげる。
「さっき、座席の足元に隠れたとき、床に落ちているのを見つけたんだ。杉田さん、このゴム栓に見覚えはありますか？」
杉田はゴム栓を受けとり、しげしげと見つめた。
「いや、見たことないな」
「だとすれば、ゆうべ犯人が落とした可能性が高い」

「何かしら？　理科の実験のときに使う道具にも似てるけど」

美希は、ゴム栓に向けて、すばやくシャッターを切る。

「実験の道具？　そんなの、犯人は何に使ったっていうの？」

健太は腕を組んで考えてみたが、さっぱりわからない。

「いいかい？　杉田さんが車内で聞いたという『液体がゆれる音』。そして、車内から見つかった『ふたつのゴム栓』。これらのヒントを合わせれば、なぜ濡れたシートが、突然真っ黒な血の色に変わったのか、そのナゾが解けるはずだよ」

そう言うと、真実は不敵にほほえんだ。

ゴム栓がふたつ
あるということは、
容器もふたつ
あったということだ

解決編
かいけつへん

「わかった！　学級委員長のワタシにはナゾが解けましたよ！」
マジメスギがドヤ顔で叫んだ。
「あのゴム栓は理科の実験で使う試験管のフタです。それがふたつ落ちていた……ということは、車内で液体がゆれる音が聞こえたとき、犯人は2本の試験管のフタをはずし、中の液体をシートにまいた――つまり、シートの色の変化は、ふたつの液体が混ざって起きた『化学反応』だったということです！　どうです、ワタシの名推理！」
ふんぞり返ったマジメスギの鼻の穴は、いつもの2倍以上にふくらんでいた。
しかし、健太はどうも納得がいかない。
「う～ん。でも、なんだかおかしいよ」
「おかしい？　ワタシのパーフェクトな推理のどこがおかしいというんです!?」
健太は、理科室での実験を思いだしていた。
ムラサキキャベツの煮汁にせっけん水をたらすと、液体の色は一瞬で紫色から青色に変わった。
「化学反応なら、色の変化は一瞬で起きるでしょ？　でも、今回はそうじゃないよね。杉田さんが液体の音を聞いてから、バックミラーを見たり、ドアを開けたり、車の外に出たりと、かなり時間がたってから色が変化してるんだ。そんな化学反応ってあるのかな？」

「うっ、それは……。むむむ」

マジメスギの鼻の穴は、シュンと元のサイズにしぼんだ。

そのとき、真実の声が響いた。

「実はあるんだ。すぐに色の変化が起きない不思議な化学反応がね」

「ええっ!?」

「本当ですか!?」

驚く健太とマジメスギ。その横で、凛がハッと気づいたように顔をあげた。

「もしかして、『時計反応』？」

「ああ、そのとおりだ。今から実際にやってみよう。材料もすべて近くのお店で用意できるはずだ」

杉田のタクシーに乗せてもらい、真実が買ってきたものは六つ。

病院の前に戻ると真実は、それらをタクシーのボンネットの上に並べ、左のような言葉を書いた紙を貼った。

◉プラスチックのコップ
◉うがい薬（ヨウ素が入っているもの）☞友達
◉かたくり粉☞友達
◉ビタミンC入りの飲料☞じゃま者
◉消毒液（オキシドール（過酸化水素水））☞警備員
◉水

「友達、じゃま者、警備員……これってなんなの？」
健太が首をかしげる。
「この材料から、犯人が持っていたふたつの液体をつくるのさ」
真実はそう言って、ふたつのコップを取りだした。

「まずはひとつめ……うがい薬とかたくり粉は『友達』どうし。ふたつが合わさると色の変化が起きる。この『友達』どうしがくっつくのを妨害する『じゃま者』がビタミンCだ」

そう言いながら真実は、片方のコップに、まずうがい薬を入れ、次にビタミンC入りの飲料をそそいだ。

すると、うがい薬の茶色が消え、透明な液体に変化した。

「ほらね。『じゃま者』のビタミンCがうがい薬の姿を変えた。これで『友達』のかたくり粉を加えても色の変化は起きない」

真実は、水で溶いたかたくり粉をコップに加えたが、液体の色は変わらず透明のままだ。

「これでひとつめの液体は完成だ。そしてふたつめの液体は……」

もう片方のコップに消毒液をそそぐ。

「消毒液はいうならば『警備員』だ。『じゃま者』のビタミンCをじわじわと追いつめ、そのききめをうばう」

ボンネットの上に、透明な液体が入ったふたつのコップが並んだ。

「犯人は、このふたつの液体をタクシーのシートにまいたってこと？」

美希の質問に真実がうなずく。

「おそらくね。このふたつを混ぜるとどうなるか。実験をはじめよう」

そう言うと真実は、新しい空のコップに、ふたつの液体を同時にそそいだ。

チャポチャポ……液体の音が響く。

みんなは、まばたきもせず息をのんでコップを見つめた。

しかし、10秒……20秒……30秒たっても液体は透明のまま、変化は起きない。

「何も起きないけど……。失敗したんじゃない？」

不安そうに健太がつぶやく。

「いや。目には見えないけど、今この中では、『警備員』の消毒液が、『じゃま者』のビタミンCの力を少しずつうばっているんだ。そして、じゃま者の力がなくなると……」

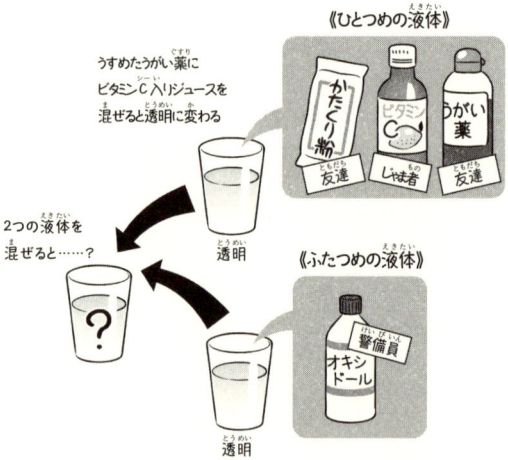

その瞬間――突然、液体の色が変化した。

「わあっ、いきなり変わった！」

健太は驚いて声をあげた。

その色は、シートに残された「血」の色と同じ、墨のような「黒」だった。

「『じゃま者』の力がなくなって、ようやく『友達』どうしのうがい薬とかたくり粉が結びついた。だから色が変化したんだ」

「そうかあ～。だから色が変化するまでに時間がかかったんだね！」

健太はウンウンと大きくうなずいた。

「犯人……いや、未来人Ｉは、この『時計反応』を利用して、幽霊のしわざのように見せたのさ」

すべてのナゾの真相を聞いた杉田は、真実の手を強く握った。

①ビタミンCの力でヨウ素が透明になっている。そこに消毒液が入ると……。

②消毒液によってビタミンCの力が奪われ、ヨウ素とデンプンが出会って色が変わる。

「ありがとう謎野くん。これでまた、安心して仕事ができるよ」
「聖おじさん、だから言ったんです。幽霊のしわざなんかじゃないって。そんなふうに怖がりだから、『ビビリスギ』なんてあだ名をつけられるんですよ！」
マジメスギの言葉に、思わず美希はふきだした。
「杉田家の人たちは、み～んなすてきなあだ名を持っているのね！」
「え、みんなって……どういうことです？」
マジメスギがキョトンとすると、一同から笑い声があがった。
一緒に笑っていた健太はふと思った。
（タクシーに乗ってきた人が未来人Ｉだとしたら……未来人Ｉの正体は「女性」ってこと!?）
健太が見ると、真実は口元に手をあて、何かを考えていた。

午前0時――。

ザー、ザザッ　ザー、ザザッ

13秒後、砂嵐がやむと、白と黒の仮面をつけたぶきみな人物が映しだされた。

「ワタシノ名前ハ、未来人I。ワタシハ予言スル。
人間ノ顔ヲ持ツ呪ワレタ犬ガ姿ヲ現スダロウ。
謎野真実ヨ、キミハ、ソノ飢エタ牙カラ、
決シテ、ノガレルコトハデキナイ」

未来人Iは予言を告げると、指をパチンと鳴らす。

ザー、ザザッ　ザー、ザザッ

動画はそのまま終了した。

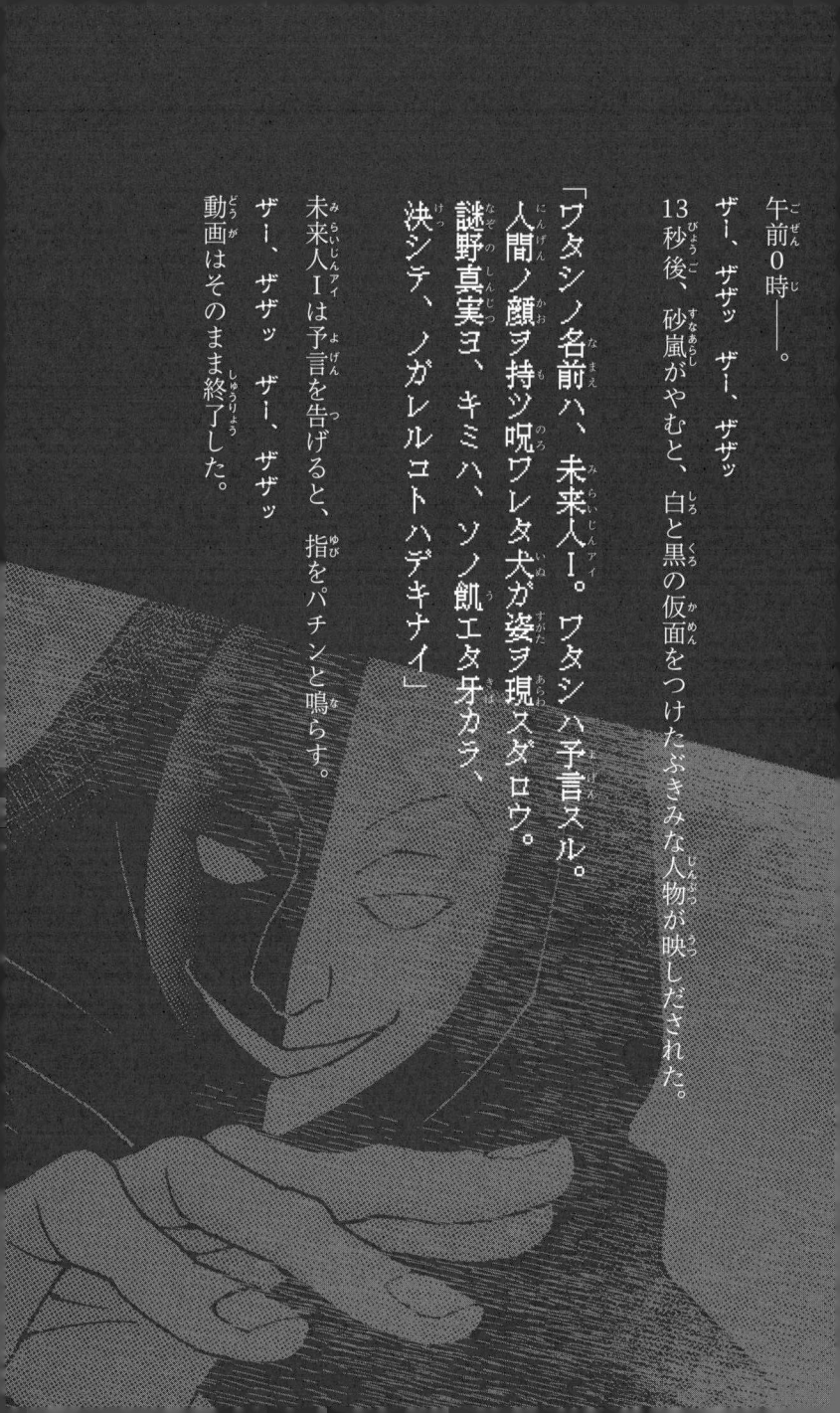

4

SCIENCE TRICK DATA FILE

科学トリック データファイル

酸性とアルカリ性を知ろう

事件編で出てきた、ムラサキキャベツの汁で酸性かアルカリ性かを調べる実験のやりかたを紹介します。

酸性やアルカリ性は、pHの数値で表す。一般的に0から14までの範囲で表し、中性は7。数値が低いほど酸性、高いほどアルカリ性が強い。

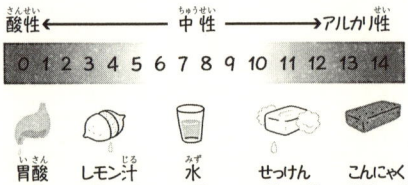

【実験してみよう】

用意するもの：ムラサキキャベツ（紫色のブドウの皮でもできる）、水、調べたい液体

①ムラサキキャベツを刻んだものを水で煮て、紫色の煮汁をつくる（ミキサーにかけてジュースにするだけでもよい）。

②ムラサキキャベツの汁に、調べたい液体を数滴入れる。アルカリ性なら青色っぽく、酸性なら赤色っぽく変化する。

※ここで紹介した実験はおうちの人と一緒にやりましょう。

恐怖の
人面犬

魔界の都市伝説5

事件編

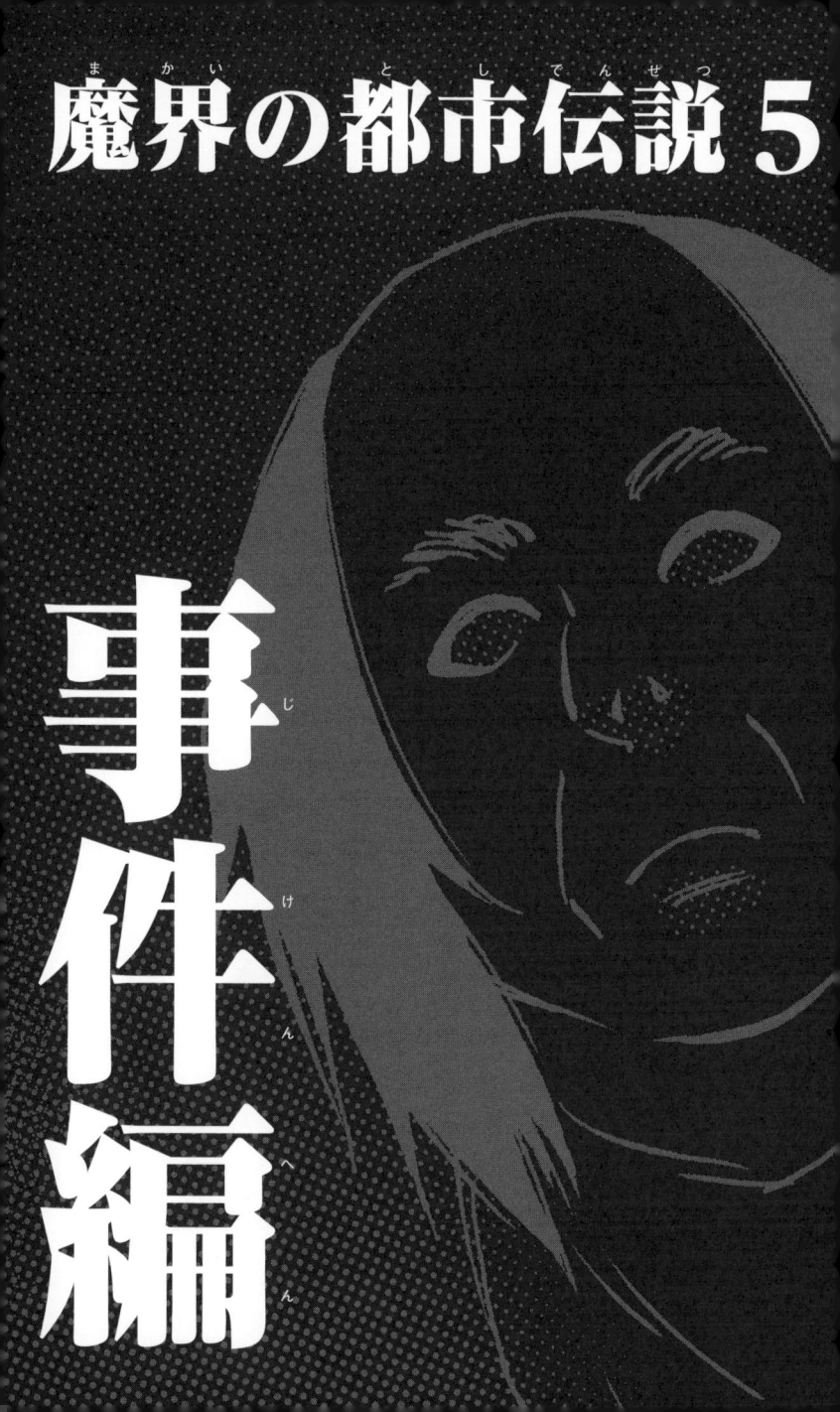

「真実くん、今日も一緒に帰ろう！」
6時間目の授業が終わると同時に、健太が真実の席へやってきた。
「ぼくはこれから図書室に行こうと思ってるんだけど」
「じゃあぼくも一緒に行くよ」
「キミが本を？　図書室にはマンガは置いてないよ」
「それぐらい知ってるよ。だいじょうぶ。図書係の凛くんもいるし、係の仕事の手伝いでもして待ってるよ」
どうやら健太は、ひとりで帰るのがいやなようだ。
「もしかして、人面犬が怖いのかい？」
真実の言葉に、健太はギクリとした。
未来人Iが「人面犬」の予言をして、今日で1週間がたった。
健太はあいかわらず午前0時まで起きていられず、その動画を見ていなかったが、予言のうわさは学校中に広まっていた。

ソノ飢エタ牙カラ、決シテ、ノガレルコトハデキナイ

「ぼく、走るのは好きだけど、鬼ごっこはニガテで……」

「どういうことだい？」

「鬼ごっこってまっすぐ走ればいいってわけじゃないでしょ？　あちこち逃げているうちにあわてちゃって、すぐにころんじゃうんだ」

「なるほど。人面犬に追いかけられて鬼ごっこのようになったら、逃げきる自信がないということだね」

「そうなんだ！　さすが真実くん、よくわかったね！」

真実は小さく首を横に振った。

「人面犬なんているはずないよ」

「ぼくだって信じたくないよ。だけど、なんだか怖いでしょ。それに、真実くんのこと名ざししてるから、すごく心配で……」

「だから、一緒に帰ったほうがいいと？」

鬼ごっこ
節分の起源となった宗教的な行事などから発展した遊びだといわれている。似たような遊びは世界中にあり、西洋ではキリスト教の儀式から発展し、およそ2千年前からある遊びなのだそうだ。

健太はこの1週間、学校が終わるといつも真実と帰っていたのだ。
「健太くん……」
真実は「やれやれ」と言いながらも、席を立った。

「ねえねえ、真実くん」
家へと向かいながら、健太は前を歩く真実に声をかけた。
「図書室に寄らなくてよかったの？」
結局、真実は図書室へは行かなかったのだ。
「キミを待たせるのは悪いからね。暗くなる前に帰ったほうがいいだろう」
「真実くん……」
真実は口には出さないが、健太のことを心配してくれているようだ。
健太は少しうれしくなった。
「あれは？」
ふいに、真実が前方を見て立ちどまった。

健太も見ると、そこには美希が立っていた。
美希はカメラをかまえて、建物のすきまをのぞきこんでいる。

「美希ちゃん」

「わっ、びっくりさせないでよ」

「べつにびっくりさせるつもりはなかったけど、そんなところで何してるの？」

「ちょうどよかったわ。ちょっと手伝ってくれない？」

美希はかばんの中から予備のカメラをふたつ取りだした。

「あなたたちも探すのを手伝って」

「探すって何を？」

「もちろん、決まってるでしょ。人面犬よ！」

「えええ!?」

話を聞くと、美希はこの1週間、ずっと人面犬を探して、放課後暗くなるまで町を探索しているのだという。

「写真に撮れれば大スクープでしょ。新聞部の部長としてねらうのは当然よ！」

「そりゃあそうかもしれないけど。どうしてぼくたちにまでカメラを？」
「ふたりが協力してくれれば、効率がアップするでしょ。それだけスクープがねらえるってことよ。ほらっ、探しにいって！」
「う、うん」
「ただし気をつけてね。人面犬にかまれたら、三日三晩、犬のようにほえて苦しみながら死んじゃうってうわさだから」
「そんな～！」

「たいへんだ！」

突然、声が響いた。
向こうから、飯島凛が走ってくる。
「どうしたの、凛くん？」
健太が声をかけると、凛は息を切らしながら一同を見た。
「たいへんなんだ。人面犬が……、人面犬が、現れたんだ！」

「えええ!?」

真実たちは、凛とともに公園へやってきた。

「さっき公園を通りかかったらね、しげみの中から急に犬が飛びだしてきたんだよ」

「それが人面犬だったってこと？」

健太は驚いて凛にたずねた。

「そう、体は犬だけど、顔は人間の顔だったんだ」

「やっぱり実在したのね！　これは大スクープよ！」

美希はカメラをかまえた。

そのなか、真実は凛のほうを見た。

「それで、人面犬はどこにいるんだい？」

公園を見回すが、人面犬はどこにもいない。

「ボク、怖くて、あわてて逃げたんだ。だけど、どこまでも追いかけてきて」

「追いかけてきた、だって？」

「うん、逃げても逃げてもずっと追いかけてきたんだ」
凛は公園のまわりを逃げつづけたのだという。
「そうしたら、いつのまにかいなくなっていて。それで、そのすきに、真実くんを捜してたんだ」
「そうなんだね」
「人面犬、まだこの近くにいるかも！」
美希は公園のあちこちにカメラを向けた。
そんな美希の横で、健太は顔をこわばらせていた。
健太は真実の服のそでをつかむ。
「健太くん、また怖がってるの？」
美希がたずねると、健太は大きくうなずく。
「だって、人面犬にかまれると死んじゃうんでしょ？　やっぱり危険すぎるよ」
「危険だけど、大スクープをねらえるのよ。かまれそうになったら、逃げればいいでしょ」
「だけど……」

すると、真実が口を開いた。
「健太くん」
「あっ、真実くんも危険すぎると思うの!?」
「いや、そうじゃない。それ以上つかむとぼくの服のそでが伸びてしまうと言いたかったんだ」
「わああ、ごめん」
あわてて手を離す健太。
真実はみんなのほうを見て言った。
「ぼくはもう少し探してみようと思う。目撃された犬の正体をちゃんと調べたいんだ。見間違いでないとしたら、そこには何かトリックがあるはずだからね」
真実は人差し指で眼鏡をクイッとあげると、公園内を歩きはじめた。
「ちょっと待って」
美希も追いかける。
新聞部の部長として、何としてもスクープ写真を撮りたいようだ。

「真実くん、美希ちゃん……」
しかし、健太はふたりに続くことができなかった。
そんな健太に凛が声をかけた。
「ボクたちも一緒に探そうよ。真実くんたちのこと、心配だもん」
凛の顔もこわばっている。
しかし、手を強く握りしめ、目には強い意志を宿していた。
（凛くんは、ここぞというときは勇気があるんだね。ぼくと違ってやっぱりホームズ学園出身なだけのことはあるよね……。ぼくも勇気を出さなきゃ）
「よし、探そう！」
健太は凛とともに真実たちのもとへ向かおうとした。

ガサッ

背後で音がした。

健太は草むらのほうを見る。
何かが動いている。
目をこらしてみると、茶色い毛なみの動物の体が見えた。
「犬……かな？」
じっと見ていると、その動物が草むらから出てきた。
健太はハッとした。
それは、犬だった。
だが、顔は肌色だ。
髪の毛があり、眉毛があり、シュッとした鼻と厚いくちびるもある。
犬の体に、人間の顔がついていた。

「出たあああー!!」

健太は大声で叫び、あわてて真実たちのもとへ駆けた。

「真実くん！　いた！　人面犬、人面犬が！」

真実と美希も、人面犬を確認する。

「ホントにいたわ！」

美希はカメラをかまえようとした。すると、人面犬が、ものすごい勢いでこちらに向かってきた。

「ダメ、早く逃げましょう！」

「うん、逃げよう！」

健太は真実に一緒に逃げるようながすが、真実は動こうとしない。

「だけど、ちゃんと調べてみないと」

「ああ～、なに言ってるの！　おそわれちゃうよ！」

健太は真実の手をつかんで、逃げる。
美希と凛もあとに続いた。

真実たちは路地を走りつづけた。
人面犬はまだ追いかけてくる。
「健太くん、手を離してくれないかな？」
「ダメだよ！　離したら、真実くん観察しようとして止まっちゃうでしょ」
やがて、前方に曲がり角が見えてきた。
「ああん！　右と左どっちに行けばいいのよ！」
「美希ちゃん、悩んでる余裕ないよ。右！　右に行くよ！」
一同は右に曲がった。
すると、人面犬も右に曲がった。
「わああ、ついてくる！」
「どうして追いかけてくるのよ！」

健太たちは息を切らしながら走りつづける。
人面犬はまだ追ってきている。
すると、真実が口を開いた。
「逃げても、むだだよ」
「あきらめちゃダメだよ」
「そういうことじゃない」
真実は走りながら、人面犬のほうをチラリと見た。
「犬というのは、逃げている相手のことを、自分より弱い者だと判断するんだ。だから追いかけてつかまえようとする」
「そういうことは早く言ってよ～！」
そのとき、健太は駐車場を見つけた。
「逃げるのがダメなら、隠れよう！」
「そうね！」
「真実くんも、早く！」

野犬などに遭遇したら？
犬は、祖先の狼から受け継いだ狩猟本能があるため、逃げる獲物を追う習性がある。もし野犬や、つながれていない犬に遭遇した場合は、急に走りだしたりせず、ゆっくりあとずさってその場を離れるようにしよう。

健太は真実の手を引っぱって、駐車場へ向かった。

「よし、ここなら！」

健太は真実とともに、車と車のすきまに隠れる。

美希と凛も、そのうしろに隠れる。

健太は、そっと顔を出し、駐車場の入り口を見た。

人面犬が駐車場の前をウロウロしている。

「そのまま向こうへ行っちゃえ……」

健太はそう言うと、真実が首を横に振った。
「ふつうの犬でも、この距離ならぼくたちを見つけられるかもしれないよ」
「どういうこと？」
「犬の嗅覚は、人間の１億倍までも感知することができるんだ」
「ええ、そんなに？」
「正確に言うと、かぎわけることができる。もしぼくたちのにおいを覚えていたら、どこに

いるのかわかってしまうだろうね」
「それって、隠れるのがむだってこと？」
「そうなるね。それに、犬は聴覚もとてもいい。人間が聞きとれない音まで聞こえたりするんだ」
「そんな！」
そのとき、人面犬が駐車場に入ってきた。
「しっ！　みんな静かに」
美希が小声で言う。
健太は息をころして、人面犬が去っていくのを心の中で祈った。

ペタ　ペタ　ペタ

人面犬が近づいてくる。

ペタ　ペタ　ペタ

さらに近づいてくる。
人面犬は、駐車場の中をゆっくりと歩きながら、健太たちが隠れている車のそばを、そのまま通りすぎようとする。
健太はホッと胸をなでおろした。
だがその瞬間、人面犬がこちらに顔を向けた。
猛スピードで駆けてくる。
「きゃああ！」
「見つかった！」
驚いた健太は真実の手を離してしまう。
「ああ！」
真実は車と車のすきまから飛びだし、人面犬の前に立った。
「真実くん、逃げて！」
しかし、真実は人面犬を観察するように見ている。
そんな真実に、人面犬は今まさにおそいかかろうとしていた。

「真実くん！」
瞬間、人面犬が真実に飛びかかった。

「あぶない！」
健太はとっさに真実のもとへ駆けだす。

「きゃっ」
健太の勢いに驚いた美希は、うしろにいた凛を巻きこんで、しりもちをついてしまう。

「真実くん!!」
健太は手を広げて真実をかばうように前に立ちはだかると、目をぎゅっとつぶった。
（かまれてもいい！）

健太は身がまえた。

だがそのとき、人面犬が急に動きを止めた。

人面犬は、何かを探すように、あたりをキョロキョロと見回すと、くるっと向きを変え、そのままUターンして、もと来た道を引き返していく。

「人面犬は行ってしまったよ」

真実にそう言われて、健太がおそるおそる目を開ける。

そこにはもう、人面犬はいなかった。

「ぼくたち、助かったの……？」

健太はホッとして、一気に全身の力が抜けてしまった。

しりもちをついたまま、そのようすを見守っていた美希は、ようやく立ちあがる。
美希が振り返って凛を見ると、凛は右手の甲を押さえていた。
巻きこまれてころんだひょうしに、すりむいたようだ。
「ごめんね、凛くん。だいじょうぶ？　血は出てない？」
「かすり傷だから平気だよ」
凛も立ちあがり、ふたりは健太と真実のもとへ駆け寄る。

真実がポツリと言う。
「健太くん。さっきは……ありがとう」
「いや、あの、とっさに体が動いただけで、えーっと……」
健太は、照れて真っ赤になった顔をかくすようにうつむき、あわてて言葉を続けた。
「それにしても、どうして人面犬はおそってこなかったんだろう？」
腕を組んで考える健太。
そのとき、真実は地面に何かが落ちていることに気づいた。

「これは……」

真実はそれを拾い、じっと見つめる。

金属製で、小さくて長細い筒のような形をしている。

「そうか、そういうことか」

真実は人差し指で眼鏡をクイッとあげると、健太たちのほうを見た。

「人面犬がなぜぼくたちを追いかけてきたのか、そして急に追いかけなくなったのか、そのナゾが解けたよ」

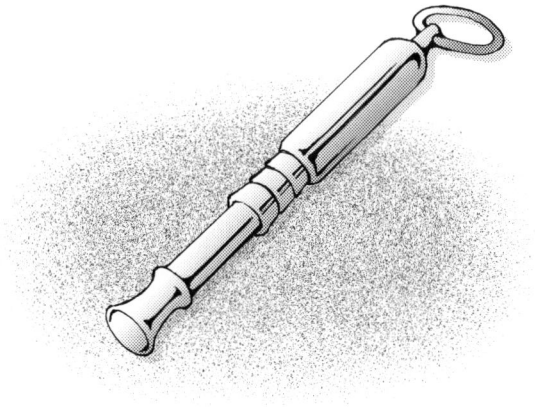

犯人は
犬の能力を
利用したんだ

解決編
かいけつへん

「真実くん。ナゾが解けたってどういうこと？」
健太がたずねると、真実は、「これだよ」と手をさしだした。
そこには、小さくて長細い金属製の筒があった。
「それは何なの？」
「駐車場の地面に落ちていたんだ」
「落ちていた？」
「説明するより、実際にやったほうが早い」
真実はポケットからハンカチを取りだし、筒の先についた砂をふくと、そこに自分の口を近づけた。
そのまま、息を吹きつける。
何度か息を吹きつけると、筒を口から離した。
「いったい何をしてるの？」
健太には意味がさっぱりわからない。
「人面犬が怖すぎて、ヘンになっちゃったのかしら？」

美希も、その横にいる凛も、首をかしげている。
「べつに変になんかなってないよ。ぼくの推理が正しければ、これで来るはずだ」
「来るって何が来るの？」
「それは――」
真実が健太の問いに答えようとした瞬間、道路のほうから何かが姿を現した。
人面犬だ。

「出たあああ！」

健太はあわてて逃げようとする。
そんな健太の手を真実がつかんだ。
「逃げなくていい」
「えっ、でも！」
「だいじょうぶだから」

真実は、人面犬のほうをじっと見つめる。
真実は手に持っていた筒に、また息を吹きつけた。
すると、人面犬がものすごい勢いで駆けてきた。
そのまま真実に飛びつく。
「わああ、真実くんが！」
健太は思わず大声をあげた。
しかしすぐに、おかしなことに気づいた。
おそいかかったはずの人面犬のしっぽが、パタパタと動いていたのだ。
「もしかして……、喜んでる？」
犬がしっぽを上に向けて振るのは、喜んでいる証拠なのだ。

見ると、真実は人面犬の背中をやさしくなでていた。
真実は、みんなに人面犬の顔を見せた。
「ああ！」
人面犬はたしかに人の顔をしていた。
だがそれは、よく見ると、人の顔をしたマスクだったのだ。
「ちょっと、どういうことなの？」
「マスクだったんだねえ」
美希と凛も驚く。
真実がマスクを取ると、中からかわいい柴犬の顔が出てきた。
「これが人面犬の正体ってこと？」
「そのとおりだよ、健太くん。そしてどこまでも追いかけてきたのは、これのせいだ」
真実は、みんなに先ほどの金属の筒を見せた。
「これは『犬笛』といって、犬だけに聞こえる音を出すことができる道具

柴犬
日本原産の犬種。日本では、縄文時代から、狩猟犬として人間とともに暮らしてきた。現在もよく飼われている犬だが、実は天然記念物に指定されている。

なんだ」

「犬だけに？」

「死のメロディーの事件のとき、人間は20～2万ヘルツぐらいの音を聞きとることができるって説明したね。一方、犬は65～5万ヘルツぐらいの音を聞きとることができるんだ。人間より、ずっと高い音を聞きとれるってことだね」

「そうなんだ。犬ってすごいね！」

「この笛は、約3万ヘルツの音が出るんだ。だから吹いても人間は聞きとることができない。もしそんな犬笛がぼくたちの近くで鳴ったとしたら」

「そうか！　犬はその音が聞きとれるから、ずっとぼくたちを追いかけてきたんだね！」

「ああ。この犬は犬笛で訓練された犬なんだよ」

真実は犬の頭をやさしくなでた。

「なるほど、そういうことだったのね！」

「犬笛であやつってたなんて、びっくりだねえ」

美希と凛が感心したようすで言う。

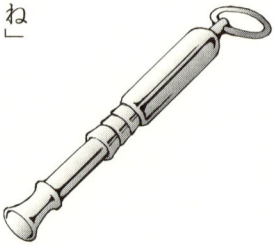

「だけど、どうやって犬を追いかけさせつづけたの？　犯人は隠れながら、ぼくたちについてきてたってこと？」

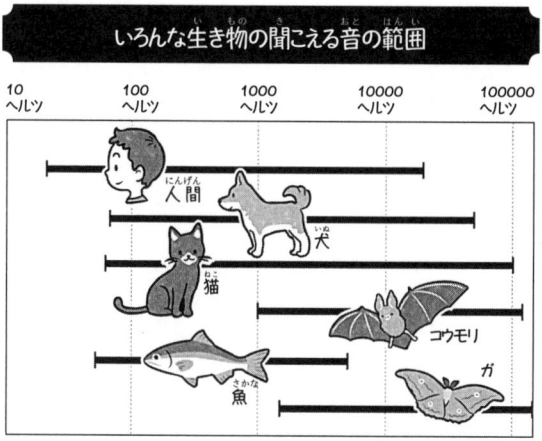

健太はそう言って首をひねった。

美希は、キッとした表情で言った。

「まだ近くに隠れているかも！　出てきなさい！　隠れているのはわかってるのよ！」

美希はまわりを見て叫ぶが、誰も出てこない。

「逃げたみたいね……」

「犯人が犬笛を落としたからぼくたち助かったけど、そもそもどうして、犬笛を落としたんだろう？」

健太の言葉に、美希と凛も首をかしげる。

一方、真実は何も言わず、ただ犬笛を見ていた。

その日の夜――。
時計の針が午前0時になる瞬間、動画サイト「ＩＴｕｂｅ」に、1件の新しい動画が投稿された。
それは、未来人Ｉの予言だ。

「ワタシノ名前ハ、未来人Ｉ。ワタシハ予言スル。
マモナク、『八尺サマ』ガ姿ヲ現シ、
魅入ラレシ者ヲ異世界ヘト連レサルダロウ。
謎野真実、キミニ、コノ恐怖ヲ止メルコトガデキルカ？」

未来人Ｉは指をパチンと鳴らした。
画面が暗くなっていく。

未来人Iの姿が消え、砂嵐が映しだされる。

ザー、ザザッ　ザー、ザザッ

動画はそのまま終了した。

5

SCIENCE TRICK DATA FILE

科学トリックデータファイル

生き物たちのスゴイ感覚

犬の聴覚や嗅覚のように、人間をはるかに超える感覚を持つ生き物がいます。

鷹の視覚は人間の6倍以上！

鷹の目の細胞は人間の6倍以上あり、遠くのものでもはっきりと見ることができる。なんと、3・5キロメートル離れたところから、ウサギの耳が立っているかどうかがわかるそうだ。

コウモリは暗闇でも飛べる！

超音波（人間には聞こえない音波）を出し、それが反射して返ってくるまでの時間で、障害物までの距離を知ることができる。

象は足で音を聞く？

人間には聞こえない、低い声（低周波）で仲間と会話している。その声は、10キロメートルほど先まで伝わり、象は耳と足の裏で、その声を聞きとっているそうだ。

人間の嗅覚、実はいい！

人間は、バナナのにおいに関しては、犬よりも敏感だそうだ。

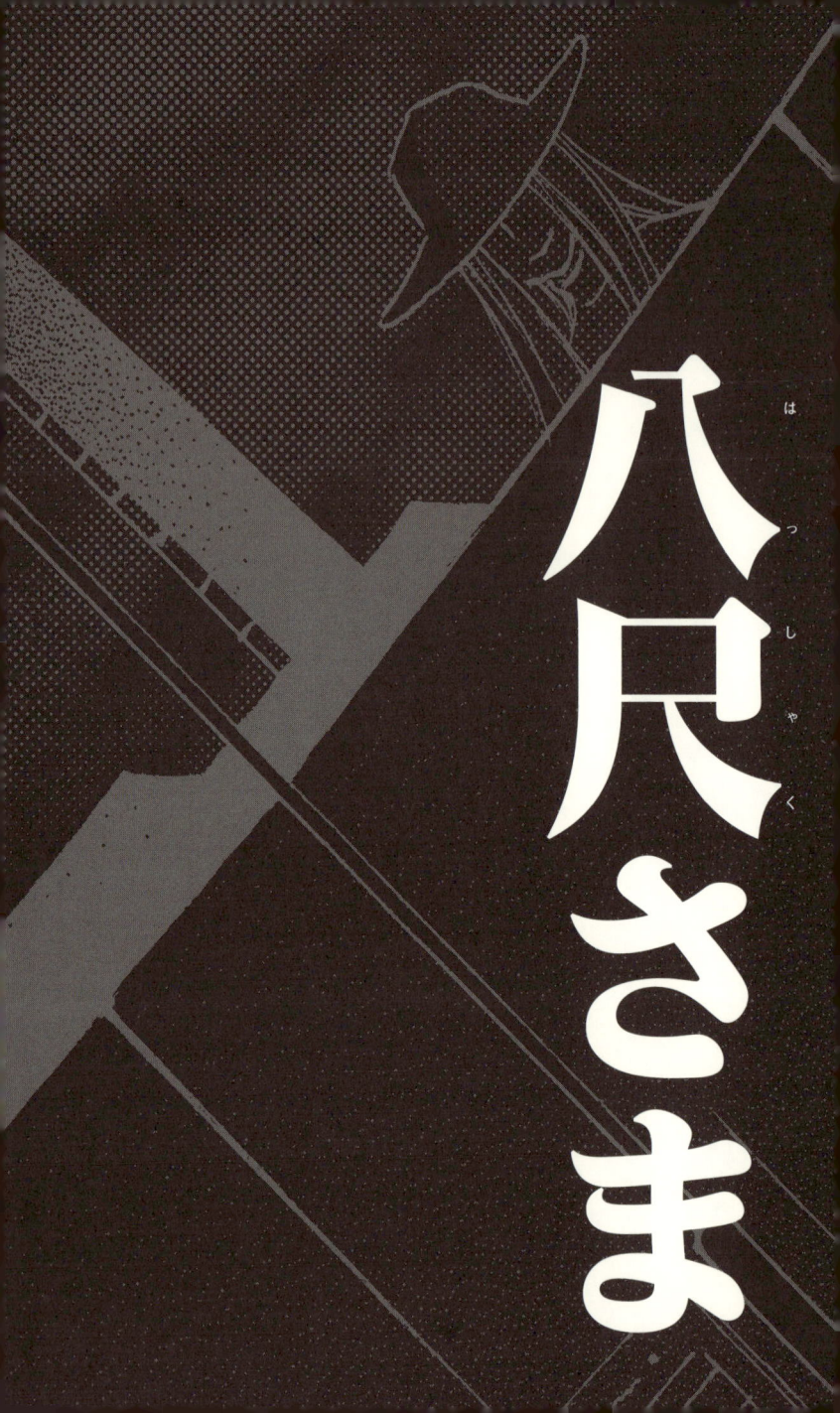
八尺さま
はっしゃく

魔界の都市伝説6

事件編

「八尺さまってほんとにいるのかな？」
学校は、朝からその話でもちきりになっていた。
八尺さまとは、背の高さが2メートル以上ある、謎の女の怪人だ。

白い帽子をかぶり、白いワンピースを着ていて、好きになった男の子を、

「ぽ、ぽぽ、ぽ」

と言いながら、どこまでも追いかけてくるというのだ。

「八尺さまって、家の中にも入ってきちゃうんでしょ？」

「つかまったら、異世界に連れさられちゃうらしいよ」

「そんな！　謎野くん、どうなっちゃうの!?」

生徒たちはみな、真実のことを心配していた。

しかし、真実はまるで気にするようすもなく、いつものように自分の席に座って、本を読んでいた。

「真実くん、未来人Iがまた挑戦してきたみたいね」

美希が興味津々な顔で6年2組の教室にやってきた。

真実はチラリと視線だけを美希のほうに向ける。

尺　日本古来の長さの単位。1尺は、曲尺（建築関係で使うものさし）では約30・3センチ、鯨尺（和服の裁縫で使うものさし）では約37・9センチ。つまり、8尺なら約2メートル42センチ、または約3メートル3センチということだ。

「どんなトリックをしかけてきたとしても、ぼくは解いてみせる。この世に科学で解けないナゾはないからね」
真実はそう言うと、人差し指で眼鏡をクイッとあげた。
「おはよ……」
健太が教室に入ってきた。
なんだかフラフラしている。顔もちょっと赤い。
「健太くん、どうしたの？　風邪でもひいた？」
「あっ、美希ちゃん。ううん、元気、だよ」
健太は手に持っていた何かをうしろに隠した。
「何を隠したの？」
「えっ、あっ、べつに。さあて、今日もはりきって勉強しよーっと」
健太はうしろに手を回したまま、そそくさと自分の席へと向かった。
「何よいったい？　ヘンなの」
美希は首をかしげるのだった。

その日、健太はずっとようすがおかしかった。
授業中も、休み時間も、ボーッとしていて、うわの空だったのだ。
「ねえ、真実くん、凛くん、今日、健太くんとしゃべった？」
昼休み、美希はふたりを廊下に呼びだしてたずねた。
「いや、まともに会話してないね」
「ボクも。なんだかちょっとヘンだよね」
「健太くん、都市伝説の話にもぜんぜん興味がないみたいなのよ」
「どういうことだい？」
「今日はみんな、八尺さまの話をしているでしょ。それなのに、健太くん、ぜんぜんその話に加わってこないのよ」
「へえ、そんなめずらしいことがあるんだね」
「これは、ある意味、事件かも！」
美希の言葉に、飯島凛も大きくうなずいた。

一方、教室にいる健太は、ひとり自分の席に座ってぼんやりしていた。
（まさか、ぼくにこんな日が来るなんて……）
健太はまわりを見回し、誰も見ていないことを確認すると、持っていたものをじっと見つめた。
「宮下健太くんへ」
と書かれた封筒。
差出人の名前はない。
健太は、封筒を開き、中の手紙を読んだ。

ひと目見て、あなたのことが大好きになりましたわ。
今日の放課後、町はずれの工場跡地まで、ひとりで来てもらえませんか？
楽しみに、待ってますわよ。

（これって、ラブレター、だよね……）

今朝、登校してきた健太は、自分の下駄箱の中に、1通の封筒が入っていることに気づいた。

今まで、健太はラブレターなどもらったことがない。

バレンタインデーも、美希が義理チョコをくれるだけだ。

そんな健太でも、これがラブレターだということはわかる。

（だけど、ちょっとヘンなんだよね……）

健太は会う場所が気になった。

（どうして、わざわざ町はずれの工場跡地なんだろう？）

工場跡地は、ふだん、人があまり行かない場所だ。

（ものすごく、はずかしがりやな子なのかな？）

健太は手紙のことを、ずっと考えていた。

（放課後……、とりあえず、工場跡地まで行かなきゃだよね……）

放課後――。

誰よりも早く教室を出たのは、健太だった。

「あっ、健太くん！」

となりの教室から出てきた美希が呼ぶが、聞こえていないようで、健太はそのまま階段をおりて、行ってしまった。

「ねえ、健太くんを追いかけましょう」

美希は6年2組の教室に入ると、真実と凛に言った。

しかし、真実は首を横に振る。

「ぼくはこれから用事があるんだ」

「そんな！　健太くんのこと心配じゃないの？」

「心配だけど、どうしても確かめたいことがあるんだ」

「確かめたいこと……？」

真実は席から立ちあがると、「じゃあ」と言って教室から出ていってしまった。

「真実くん、なんだか冷たいんだけど……。凛くんは行ける？」

「ボクは今日、図書係の仕事がないから、だいじょうぶだよ。とりあえず、ふた手に分かれて健太くんを捜そう！」

「そうね！」

ふたりは、駆けだすように教室を出た。

一方、健太はひとり、町はずれの工場跡地にやってきた。

（どこにいるのかな？）

あたりを見回す。

ひとけはなく、真冬の冷たい風が吹いている。

「あの～、宮下健太だけど」

健太はキョロキョロしながら、自分の名前を言ってみた。

しかし、返事はない。

（まだ来てないのかな？）

健太は待ってみることにした。

10分、20分、30分。

あたりが、うす暗くなっていく。
それでも、誰も来ない。
（もしかして、ただのイタズラだったのかも……）
よくよく考えてみると、いくらはずかしがりやな子でも、こんなところで待ちあわせなどしないはずだ。
（ぼく、だまされたのかも……）
健太は大きなショックを受けて、ガクリと頭をたれた。
そのとき、誰かの気配がした。
顔をあげると、前方に塀がある。
その塀の上に、白い帽子をかぶった人の顔が見えていた。
「いつのまに……？」
どうやら塀の向こうから顔だけを出して、健太のほうを見ているようだ。
うす暗く、距離が少し離れているが、髪の長いほっそりした人であることはわかる。
その人はほほえみながら、健太のほうをじっと見ていた。

「ええっと……」
（手紙をくれた人なのかな？）
ほほえんでいるということは、そういうことなのだろうと健太は思った。
「ぼくに手紙をくれたよね？」
健太はそう言うと、塀のほうへ近づこうとした。
だがそのとき、奇妙なことに気づいた。

「あれ？」

その人が顔を出している塀は、２メートル以上の高さがあったのだ。
「ど、どういうこと？　どうやって、顔を出してるの？」
健太はとまどう。
背筋に冷たいものを感じる。
そんな健太に、その人はニヤリと笑った。

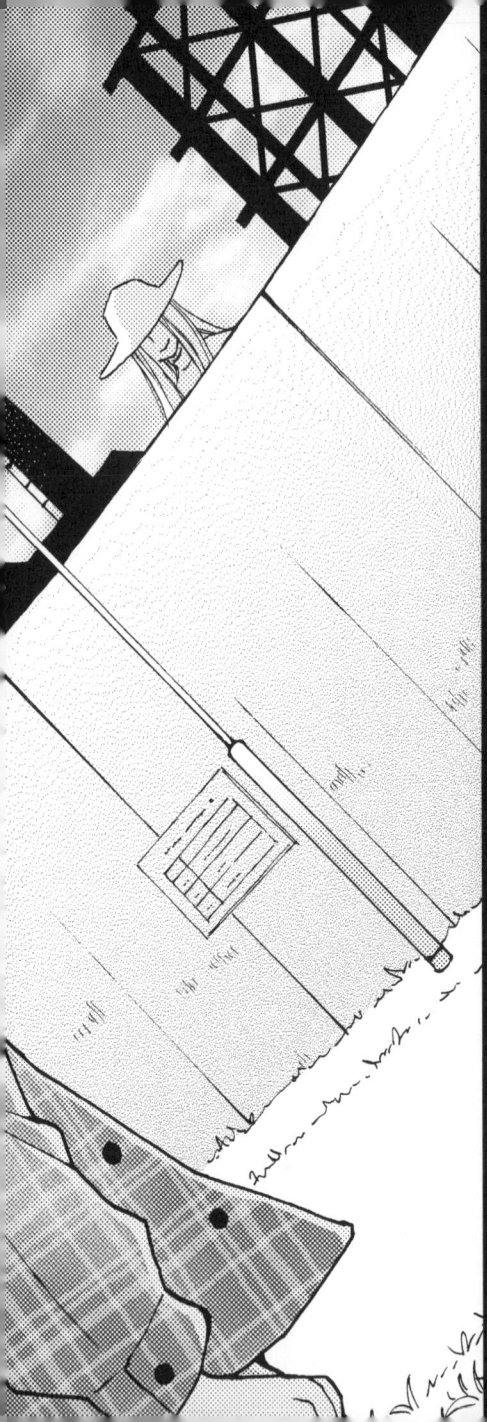

「ぽ、ぽぽ、ぽぽぽ」

ぶきみな声。

健太はそれを聞き、ハッと気づいた。

（この人、八尺さまだ!!）

「ぽ、ぽぽぽぽぽぽぽ」

「うわああ!!」

健太はあわててその場から逃げだした。

一方――。
美希は、健太の家へやってきていた。
どこを捜してもいなかったので、しかたなく家を見にきたのだ。
しかし、健太はまだ帰っていなかった。
「健太くん、ほんとにどこに行ったのかしら？」
そうつぶやいたとき、道路の向こうから、健太が走ってきた。

「助けてええ！」

「健太くん！」
「助けて！　ぼく、八尺さまにほれられちゃったんだ！」
「八尺さまに!?」
驚く美希の前を通りすぎ、健太は飛びこむように家の中に入ってしまった。
「ちょっと、健太くん！」
そこへ、凛が駆けこんできた。

「美希ちゃん、さっき健太くんが走っていくのが見えたんだけど」
「よくわからないけど、『八尺さまにほれられた』って言ってたわ」
「ええ、どういうこと!?」
「詳しく話を聞きましょ！」
ふたりは、健太の家へ入った。

「ねえ、どうしたのよ!?」
健太は2階の自分の部屋で布団を頭からかぶって泣いていた。
エアコンもつけず、部屋は寒いままだ。
美希が近づくと、健太は布団から顔を出し、こわばった表情でふたりのほうを見た。
「ホ、ホントにいたんだ。八尺さまが……。ぼく、このままだと異世界に連れさられちゃうよ」
健太は、先ほど工場跡地であった出来事をふたりに話した。
「そんな……」

「健太くん、だいじょうぶ？」
凛は健太の手をやさしく握りしめる。
「も～、どうしてこういうときにかぎって、真実くんがいないのよ」
「ええっ、いないの？」
「用事があるって言って、どこかに出かけちゃったわ」
「えええ、ぼくのことなんかどうでもいいの!?　連れさられちゃってもいいの!?」
「そうじゃないよ。まさか八尺さまと遭遇するなんて知らなかったからだよ」
凛があわてて、真実をかばう。
「それはそうだけど……。だけどこのままじゃ、八尺さまが家まで来ちゃうよ！」
「さすがにそれはまずいわね。何か手を打たなくちゃ」
そのとき、凛がハッと思いついたように言った。
「そうだ。健太くんが連れさられずにすむいい方法があるよ」
「凛くん、教えて！　ぼく、異世界なんか行きたくない！」
「ネットに書いてあったんだけどね、部屋の四すみに盛り塩をすれば、悪い霊とかが部屋に入ってこられなくなるんだって」

「盛り塩って魔よけになるものね！　あっ、うちにおふだがあるわ！前に花森小新聞で心霊現象を特集したときに買ったの」

「そうなんだ。じゃあ、ボクは新しいお塩を持ってくるから、美希ちゃんはおふだを持ってきて」

「わかった！」

「ありがとう、ふたりとも」

「ボク、健太くんが連れさられるなんて、ぜったいいやだもん！」

「凛くん……」

「だって、ボクたち友達でしょ。友達のピンチを助けるのが本当の友達だもんね。健太くんは、このまま部屋で待ってて。すぐ戻ってくるから。あっ、このままだと寒くて風邪ひいちゃうから、暖かくしたほうがいいよ」

「ううう、凛くんはなんてやさしいんだ。うん、わかった。部屋を暖

盛り塩
飲食店の入り口に盛り塩があることも多いが、これは、魔よけの意味だけではなく、よいお客さんが来ることを願ってのことらしい。中国から伝わったともいわれる古い風習で、平安時代には、牛車（牛がひく乗り物）の牛が、塩をなめにくるように置かれた。当時、牛車に乗れるのは権力者だけで、そのような人が立ち寄る家は、縁起がいいとされた。

かくして待ってる。ありがとう、ホントにありがとう！」
健太は凛のやさしさに感激するのだった。

しばらくして。
美希がおふだを、凛が塩を持って、健太の部屋に戻ってきた。
「待ってたよ！」
部屋はエアコンがつけられていて、暖かくなっている。
「あったか～い」
「外は寒かったもんね」
「さあ、健太くんを守る作戦を開始するわよ！」
美希は持ってきたバッグを開けると、数え切れないほどのおふだを手に取った。
「そんなにあるの？」
「買ったのは1枚だけよ。あとはわたしが、まねをしてつくったの」
「えええ？　そんなので効果あるの？」

「数が多いに越したことないでしょ。ほら、じっとしてて」
美希は健太の全身にペタペタとおふだを貼りはじめた。
「わわわ」
「全身におふだを貼れば、八尺さまも近づいてこないでしょ」
「そうだけど、これじゃあ『おふだ男』になっちゃうよ！」
「いいからいいから！」
美希は健太のひたいにもおふだを貼った。
一方、凛はバッグから真新しい塩の袋を取りだした。
「じゃあ、盛り塩もするね」
そう言って、ハサミで袋の端を切る。
「わたしも手伝うわ！」
美希はそう言うと、袋から塩を取り、部屋のすみに移動した。
「部屋の四すみに、塩を山のように盛っていくのよね」
美希は部屋のすみに紙をしき、手の中の塩を使って小さな山をつくる。

「じゃあボクも」
凛は美希のつくった山にならって、ほかのすみにも塩の山をつくっていった。
部屋の四すみに、真っ白な塩が盛られた。
「よし、できた。これでもうだいじょうぶよ！」
美希はニッコリとほほえんだ。
ふと、凛が部屋の時計を見た。
夜の7時を過ぎている。
「もう、こんな時間だ。美希ちゃん、そろそろ帰ろう」
「そうね。健太くん、今日はずっとこの部屋の中にいるのよ」
「え～、帰っちゃうの？」
「しょうがないでしょ。いい、健太くん。この部屋が2階だからって安心しちゃダメよ。八尺さまは背が高いから、窓から入ってくるかもしれないわ」
美希はそう言って、凛とふたりで窓の鍵が閉まっているかを確認する。
「それと、ドアも開けちゃダメだからね！　八尺さまは、身近な人の声をまねてドアを開け

させようとするらしいから」
「うん、わかった。部屋から出ないし、ドアも開けないよ！」
「あと、盛り塩が黒くなったら注意するのよ。まがまがしいものが近づいてきている証拠だからね」
それだけ言うと、美希と凛は、不安そうな健太を残して、あわただしく帰っていった。

「これだけ準備すれば、だいじょうぶだよね……」
美希と凛が帰って、30分ほどが過ぎた。
健太は部屋でひとり、ベッドの上に座っていた。
部屋はシンと静まりかえっている。
今のところ、八尺さまの来る気配はない。
（なんだか、おなかがすいてきちゃった）
外から帰ってきてからというもの、健太は何も食べていなかった。
（食べ物を取りにいきたいけど……）

ドアのほうを見る。
しかし、部屋から出るのはダメだと美希に言われた。
健太は、つばを飲みこんで、空腹をがまんするしかなかった。
「ん？」
ふと、健太は盛り塩のほうを見た。
何かがおかしい。
健太は目をこらしてよく見てみる。
「えっ!?」
真っ白な盛り塩に、黒い点が見える。
点はどんどん大きくなっていき、真っ白な塩を黒く染めていった。
「これって、さっき美希ちゃんが言ってた……!?」
美希はまがまがしいものが近づいてくると黒くなると言っていた。
健太はほかの盛り塩も見てみる。
ほかの盛り塩も、なぜか黒くなっていた。

「そんな！」

ぽ、ぽぽぽ

突然、音が響いた。
窓のほうからだ。
「えっ、この声は……」

窓ガラスに、何かが浮かびあがる。
文字だ。
窓の外から書かれているのか、文字が逆になっている。
「ありえないよ、ここは2階なのに！」

モウスグ　ムカエニ　イクワ

「八尺さまだ!!」
健太はヒッとなって、ドアのほうへあとずさりした。

コン、コン！

瞬間、部屋の外からドアをたたく音が響いた。
「ひいい！　来たああ！」
健太はその場にうずくまる。

コンコン！

「来ないで！」

コンコン！

「だから来ないでってば！」

コンコン、コンコン、コンコン――。

「ぼくだよ、真実だ」
「えっ？」
どうやらドアの向こうにいたのは、真実のようだ。
「来てくれたんだ！」
健太は急いでドアを開けようとした。
だが、ドアノブを持つ手が止まる。
「ホントに、真実くん……、なの？」
美希は、八尺さまは身近な人の声をまねてドアを開けさせようとすると言っていた。
「まさか、八尺さま！」
「入るよ……」
ドアノブがゆっくりと回る。
ドアがわずかに開き、ドアのすきまからヒューッと吹きこむ冷たい風が健太の顔に当たる。
「あ、ああ。あああ」

健太はあまりの恐怖で動けない。
ドアはさらに開き、誰かが部屋に入ってきた。

「アァ！　ハァフン」

健太が意識を失いかけたそのとき、聞きなれた声がした。
「さっきから何をおびえているんだい？」
「へっ……？」
見ると、そこに立っていたのは、真実だった。
「八尺さま……、じゃないの？」
「八尺さま？　健太くん、キミは本当に非科学的だね」
非科学的。

そんな言葉を使うのは、真実くらいだ。
「ホントに、真実くんなんだね！」
「見てわからないのかい？」
「だって用事があるって聞いてたから」
「早めにすんだからようすを見にきたんだ。
それにしても暑いね、この部屋は」
真実はそう言うと、くもった眼鏡をふいた。
「ホントに真実くんだ！」
眼鏡をかけなおすと、真実は全身おふだだらけの健太の姿を見て、一瞬ひるむ。
「なんだいその姿は？」
「真実くん、ぼく、すごく怖かったんだよ！」
健太は八尺さまにほれられてしまったことを話した。
「ほら、あれを見て！　八尺さま、さっき窓の外にぼくを迎えにいくって文字を書いたんだよ！」

「窓の外に？」
真実は窓に書かれた文字をじっと見つめた。
「健太くん、この文字は『内側』から書かれてるよ」
「えっ？」
健太も文字を見てみる。
たしかに、文字は内側から鏡文字で書かれていた。
「どういうこと？」
「健太くん、この部屋で起きた異変はほかにもあるのかい？」
「えっ、あっ、盛り塩！　盛り塩も黒くなっちゃったんだ！」
真実は健太に言われ、四すみにある盛り塩を見つめた。
「この塩はもともと白かったのかい？」
「うん。だんだん黒くなって。きっと八尺さまが近づいてきたからだよ！」
「だんだん黒く、か……」
真実は盛り塩の前でしゃがむと、口元に手をあてた。

「この盛り塩……、湿ってるね。それに、このにおいは……」
「えっ？　それはおかしいよ。だって、袋に入った新品の塩だったんだよ」
真実はふと、エアコンを見た。
「エアコンをつけたのは、いつだい？」
「いつって、1時間ぐらい前かなぁ」
「そうか……」
真実は盛り塩のにおいをかいだ。
「なるほど」
真実は立ちあがると、人差し指で眼鏡をクイッとあげ、健太のほうを見た。
「ナゾが解けたよ。窓に文字が浮かびあがったのも、盛り塩が黒くなったのも、すべては、この部屋のせいだったんだ」
「この部屋のせい？」
いったい、それはどういうことなのだろう？

どちらのナゾも
水が関係
しているよ

解決編
かいけつへん

真実は文字の浮かびあがった窓の前に立った。
「真実くん、どうして文字が浮かびあがったのは、この部屋のせいなの？」
「文字は窓の内側に書かれていただろう。つまり、誰かがこの部屋の中から書いたということだ」
「だけど、ついさっきまで文字なんかなかったんだよ」
「トリックだよ。ある条件で文字が浮かびあがるようにしくまれていたんだ」
「条件って？」
「健太くんはさっき、エアコンを1時間ぐらい前につけたと言ってたよね。犯人は、エアコンをつけて部屋が暖かくなるのを利用したんだ。見てごらん。窓がくもっているだろう？」
「うん……」
「これは、外の温度が低いのに、部屋の中の温度

「結露」のできかた

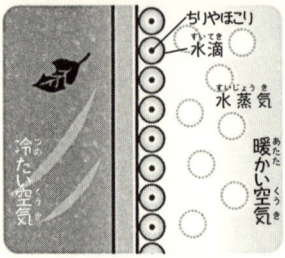

窓ガラスの近くの水蒸気が外の冷たい空気に冷やされると、ちりやほこりを中心にして集まりはじめ、水滴になる。

が高いときに起こる現象なんだ。犯人はあらかじめ、窓に指で文字を書いていた。しかも外から書いているように見せるために、わざわざ鏡文字にしてね。そして、部屋が暖められて、窓ガラスに水滴がついたことにより、その文字が浮かびあがってきたんだ」

「そうなんだ」

「これは『結露』という現象だよ。温度差によって空気中の水蒸気が液体に変化し、水滴となって窓にくっつくんだ」

「そうか、冬の寒い朝によくなるやつだね」

「そして、盛り塩が黒くなったのも、部屋が暖かくなったせいだよ。においをかいでごらん」

「においを？」

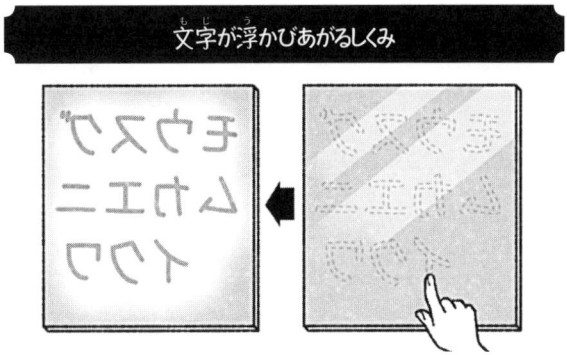

指でなぞった部分は、ほかの部分と、ちりやほこりのつきかたが異なっている。

ほかと状態が異なるので、結露するタイミングがずれて、書いた文字が浮きあがって見える。

健太は盛り塩に顔を近づけ、鼻をクンクンさせた。

「あれ？　なんだか、かいだことがあるにおいだ。ええっと、そう、墨のにおい！」

「そのとおり。盛り塩は湿っていただろう。おそらく、盛り塩の中に墨を混ぜた水でつくった氷が隠されていたんだ。部屋が暖かくなることによって、その氷が解けて、塩を黒くしたんだよ」

「それって、つまりトリックってこと？」

「そう。水、つまり液体は、温度によって、水蒸気のような気体や、氷のような固体に変化する。犯人はそれを利用して、健太くんを怖がらせようとしたんだ」

「そうなんだ！　だけどいったい誰が？」

そのとき、窓の外から音が聞こえた。

ぽ、ぽぽぽ

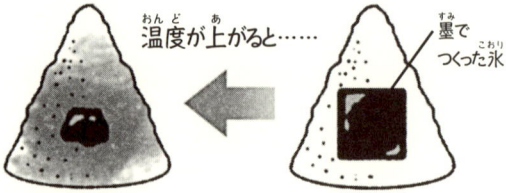

「八尺さまの声だ!!」
健太は思わず真実にしがみつく。
「いや、今のは……」
真実は健太をやさしく引きはがすと、窓を開けた。
「やっぱり。健太くん、見てごらん。あれが『声』の正体だ」
「えっ?」
健太は真実のもとへ近づくと、おそるおそる窓の外を見た。
そこには、エアコンの排水ホースが見えた。

ぽ、ぽぽぽ

その排水ホースから、音が響いている。
「どういうこと?」
「閉めきった部屋は空気の通る場所が少ないんだ。そのせいで、排水ホースが空気の通り道になることがある。そのときに、ホースに水が溜まっていると、今みたいな音がするんだ」

「そうなんだ……」
「ふだんから音は聞こえていたはずだけど、気にしたことはなかったんだろうね。犯人はおそらく、八尺さまのことを怖がる健太くんの心理を利用して、この音を八尺さまの声に見たてたんだ」
「なるほど。ぼく、あやうくだまされるところだったんだね」
「いや、完全にだまされていたよね」
「あっ、そうだった」
健太と真実は顔を見あわせて笑った。
健太はふと何かを思いだし、「だけど」と話を続けた。
「今日ぼく、工場跡地で、塀の上に顔を出した2メートル以上も背のある女の人を見たよ」
「それは、ちゃんと体も確認したかい？」

音が出るしくみ

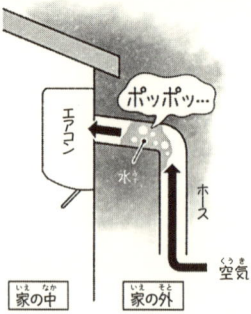

エアコン内やホースに結露した水は、通常は、ホースを通って外に出るが、閉めきった部屋などで空気の流れが悪いと、ホースの中に溜まってしまう。その中を空気が通ることで、音が発生する。

「えっ？　いや、すぐ逃げたから、塀の上から見えた顔しか確認してないけど……」
「だったらトリックは簡単だよ。犯人は塀の向こうではしごや竹馬に乗って、顔を出していただけだろう」
「そんな簡単なトリックなの？」
「ああ。怖いと思わせれば、絶対に近づいてこないってわかっていたんだろうね」
どうやら犯人は、健太の心理をうまく利用していたようだ。
「いったい誰がそんなことを……!?」
「この部屋に墨でつくった氷を持ちこめた人物だよ。たぶん、その人物は、盛り塩を黒くするために、魔法びんか何かに凍った墨を入れて持ってきたはずだ」
真実はそう言うと、健太の目をまっすぐに見つめた。
「健太くん、この部屋には、キミ以外に誰がいたんだい？」

●

その日の夜――。
時計の針が午前0時を回ろうとしていた時刻。
うす暗い部屋の中、誰かが椅子に座っていた。
美希だ。
美希は、机の上に置かれたパソコンの画面を見ていた。
画面には、予言をおこなう未来人Iの動画が映っている。
未来人Iは、予言を言いおえると、指をパチンと鳴らした。
その姿を、美希はじっと見つめていた。

身近な水の意外な話

液体の水は、0度で固体（氷）になり、100度で気体（水蒸気）になります（1気圧のとき）。このように、ふつうに暮らしているなかで、固体、液体、気体の三つの状態を見られる物質は、意外にめずらしいのです。

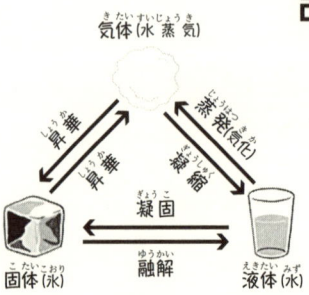

【知ってる？こんな水の不思議】

ちょうど100度で沸騰するのはなぜ？

水が沸騰する温度を100度、氷になる温度を0度として、温度を決めたから。これを摂氏温度という。

4度のときがもっとも重い

体積が最小になるのは、4度のときつまり、同じ体積ならば、もっとも重くなる。

水は「異常液体」

水は固体のときのほうが、液体のときよりも、体積が大きい。こういった物質はとてもめずらしく「異常液体」と呼ばれている。

富士山頂では87度で沸騰する

高い山など、気圧の低い場所では、100度より低い温度で沸騰する。

次の日の朝――。
真実は健太とともに通学路を歩いていた。
「未来人Iは、ぼくたちのそばにずっといたんだよ」
「えええ!?」
「最初に気づいたのは、人面犬のときだ」
人面犬は、どれだけ逃げても追いかけてきた。
追いかけてきた理由は、犬笛の音に反応したためだ。
「つまり、人面犬にぼくたちを追いかけさせようとすれば、常にぼくたちのそばで犬笛を吹いていないといけないんだ」
「うん。それって未来人Iが近くに隠れていたってことだよね?」
「いいや、隠れていたんじゃない。未来人Iはぼくたちの中にまぎれていたんだ」
「まぎれていた?」
首をかしげる健太に、真実は話を続けた。
「昨日、ぼくは放課後に、あるところへ行ってきたんだ」

「用事があったんだよね？」
「ああ。用事というのは、お店に行くことだったんだ」
「買い物でもしてたの？」
「そうじゃない。未来人Ｉは今までいろんなトリックをしかけてきただろう。だけど、そのしかけは特殊なものが多いから、調べていけば誰が買ったのかわかると思ったんだ」
「なるほど、たしかにそうかもね」
「それで、犬笛を売っているペットショップに行ってみたんだ」
「そうか！　犬笛は未来人Ｉが持っていたんだもんね！」
「ほかにも、お墓を照らした低圧ナトリウムランプを売っていた電気店にも行ってみたよ。ぼくはそれぞれのお店で、ある人物の写真を見てもらったんだ」
「それって未来人Ｉの？　ねえ、いったい誰なの!?」
「今向かっている場所にいる」
「今って、向かってるのは、学校だよ!?」
「未来人Ｉは、ぼくたちの学校にいるんだ」

「えええ!?」
驚く健太に、真実は1枚の紙切れを見せた。
そこには、「MIRAIJIN I」と書かれていた。
「健太くんはアナグラムって知っているかい?」
「アナグラム……?」
「暗号の一種さ。ある言葉の文字をひとつひとつバラバラにしてからつなぎあわせて、まったく別の文章や言葉をつくるものだよ。……未来人Iは、最初からアナグラムを使って自分の名前をぼくたちの前にさらしていたんだ。大胆不敵とはこのことを言うんだろうね。どんな名前になるか、キミも考えてごらん」

そのころ、花森小学校の図書室に、ふたりの人影が立っていた。
ひとりは、飯島凛である。
もうひとりは、美希だった。

アナグラム
ギリシャ語で、「ふたたび書く」という意味。有名なアナグラムの例として、Florence Nightingale（医療や看護教育制度を改革した看護師で、「クリミアの天使」と呼ばれた）→ Flit on, cheering angel.（軽やかに飛び続けよ、人々をはげます天使よ）がある。

アナグラムの例

INU ＝犬
UNI ＝ウニ

凛は図書係なので、朝、本の整理をするために図書室に来ていた。
そんな凛のもとに、美希がやってきたのだ。
「美希ちゃん……。何を言ってるのか、ボク、さっぱりわからないよ」
凛は美希のほうを見てとまどっている。
美希は凛をじっと見つめた。
「友達だと思っていたのに、どうしてこんなことをするの？」
「だからボクは……」
「わたし、気づいちゃったの」
美希は凛の右手を見つめる。
「凛くん、右手の甲にすり傷があるでしょ。人面犬におそわれたときについたのよね？」
「そうだけど……」
「その傷がね、動画の中の未来人Iにもあったのよ」
美希は、未来人Iが予言を言いおわり、指をパチンと鳴らしたとき、傷があることに気づいたのだ。

Dr. Jekyll & Hyde

「あなたが、未来人ーだったのね！」

美希は、凛を指さした。
「次の花森小新聞で、真相を明らかにするわ」
瞬間、凛がほほえんだ。
「……そうだよね。キミにとっては、まさに大スクープだね」
凛は持っていた本をパタンと閉じる。
表紙には『The Strange Case of Dr. Jekyll & Mr. Hyde—ジキル博士とハイド氏』とタイトルが書かれていた。
「——美希ちゃん、もっとすごい真相を知りたくないかい？」
凛は悪魔のような笑みを浮かべて、ゆっくりと美希に近づいた。

しばらくして——。
真実と健太が図書室にやってきた。

『ジキル博士とハイド氏』
イギリスの作家・スティーブンソンの小説。高名で人格者のジキル博士が、自分の発明した薬を飲むと、極悪非道なハイド氏に変身するという話。この題名は、二重人格を表す言葉としてよく使われる。

「まさか、凛くんが未来人Iだったなんて」
健太の手には、アナグラムを解いた紙が握られていた。
そこには、「IIJIMA RIN」とある。
図書室には、誰もいなかった。
「おかしい。彼は係の仕事で朝から来ているはずなのに」
「真実くん、あれは？」
健太がテーブルを指さす。
テーブルの上には、パソコンが置かれていた。
ふたりが近づくと、画面に動画が表示された。
そこには、仮面をかぶった未来人Iが映っていた。
「真実クン、ソロソロボクノ正体ニ気ヅイテ、ヤッテクルコロダト思ッテイタヨ」
未来人Iはゆっくりと仮面を取る。

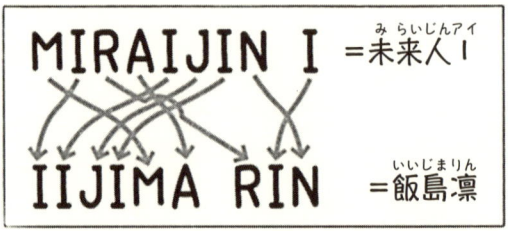

すると、ぶきみな笑みを浮かべた凛の顔が現れた。

「ああ、やっぱり！」

「……タクシーの幽霊や、八尺さまも、すべて変装した彼だったんだ」

「なんだか、ぼく信じられないよ。どうして凛くんはこんなことを？　まさか！　真実くんのお父さんが行方不明になったことと何か関係があるの!?」

「それはわからない。わからないけど、彼の父親であるホームズ学園の学園長が、父さんを捜すのを待つように言っていたというのは、うそなのかもしれない」

「そんな！」

真実は画面の中の凛をじっと見つめた。

そのとき、画面の中の凛がゆっくりと口を開いた。

「キミたちのほかにも、ボクの正体に気づいた人がいたよ」

「えっ？」

ふたりに緊張が走った。

「青井美希は預かったよ。返してほしければ、ホームズ学園に来るんだ」

「えええ!?」

凛は指をパチンと鳴らす。画面が暗くなっていく。

凛の姿が消え、砂嵐が映しだされる。

ザー、ザザッ　ザー、ザザッ

動画はそのまま終了した。

「真実くん、美希ちゃんが！」

「まさか、こんなことをするなんて。……彼が何を考えているかわからない。だけど、美希さんを連れさった以上、ほうっておくことはできない」

真実はこぶしを強く握りしめた。

「行こう、ホームズ学園へ――」

真実の言葉に、健太は大きくうなずいた。

（つづく）

その後の科学探偵「八尺さまの正体」

著者紹介

佐東みどり

脚本家・作家。アニメ「サザエさん」「ハローキティとあそぼう！まなぼう！」などを担当。小説に「恐怖コレクター」シリーズ、『謎新聞ミライタイムズ』などがある。
（執筆：プロローグ、5章、6章、エピローグ）

石川北二

監督・脚本家。脚本家として、映画「かずら」（共同脚本）、「燐寸少女 マッチショウジョ」などを担当。監督としての代表作に、映画「ラブ★コン」などがある。
（執筆：4章）

木滝りま

脚本家・作家。脚本家として、ドラマ「念力家族」「ほんとにあった怖い話」、アニメ「スイートプリキュア♪」など。代表作に、『世にも奇妙な物語 ドラマノベライズ 恐怖のはじまり編』がある。
（執筆：2章、3章）

田中智章

監督・脚本家。脚本家として、アニメ「ドラえもん」、映画「シャニダールの花」などを担当。監督としての代表作に、映画「放課後ノート」「花になる」などがある。
（執筆：1章）

挿画

木々（KIKI）

マンガ家・イラストレーター。代表作に、「バリエガーデン」シリーズ、「ラヴ ミー テンダー」シリーズなどがある。
公式サイト：http://www.kikihouse.com/

ブックデザイン
アートディレクション

辻中浩一
＋
吉田帆波（ウフ）

舞台はついにホームズ学園へ!!

好評発売中！

科学探偵 謎野真実シリーズ 4

科学探偵 VS. 闇のホームズ学園

美希を追って、ホームズ学園にやってきた真実と健太。
ふたりの行く手をはばむのは、
ホームズ学園最強を名乗る、四天王たちだった。
はたして真実たちは、彼らを倒すことができるのか!?
ついに、エリート探偵学校・ホームズ学園の
全貌が明らかになる！

監修　金子丈夫（筑波大学附属中学校元副校長）
編集デスク　橋田真琴、大宮耕一
編集　河西久実
校閲　宅美公美子、船橋史、西海紀子（朝日新聞総合サービス）

花森町マップ　渡辺みやこ
本文図版　楠美マユラ
コラム図版　佐藤まなか
ブックデザイン / アートディレクション　辻中浩一 + 吉田帆波（ウフ）

おもな参考文献
『新編 新しい理科』3～6（東京書籍）／『キッズペディア 科学館』日本科学未来館、筑波大学附属小学校理科部監修（小学館）／『週刊かがくる 改訂版』1～50号（朝日新聞出版）／『週刊かがくるプラス 改訂版』1～50号（朝日新聞出版）／「ののちゃんのDO科学」朝日新聞社（https://www.asahi.com/shimbun/nie/tamate/）

科学探偵（かがくたんてい） 謎野真実（なぞのしんじつ）シリーズ 3
科学探偵（かがくたんてい）VS. 魔界（まかい）の都市伝説（としでんせつ）

2018年 3月30日　第1刷発行
2022年 9月30日　第11刷発行

著　者　作：佐東みどり　石川北二　木滝りま　田中智章　絵：木々
発行者　片桐圭子
発行所　朝日新聞出版
〒104-8011
東京都中央区築地5-3-2
編集　生活・文化編集部
電話　03-5541-8833（編集）
03-5540-7793（販売）

印刷所・製本所　大日本印刷株式会社
ISBN978-4-02-331640-9
定価はカバーに表示してあります

落丁・乱丁の場合は弊社業務部（03-5540-7800）へ
ご連絡ください。送料弊社負担にてお取り替えいたします。

© 2018 Midori Sato, Kitaji Ishikawa, Rima Kitaki, Tomofumi Tanaka ／ Kiki,
Asahi Shimbun Publications Inc.
Published in Japan by Asahi Shimbun Publications Inc.